KB198460

행복은 능동적

행복은 능동적

노연경 지음

필름o

"모든 게 행운이긴 하죠.

불행도 행운이니까요."

모든 일에는

반드시 배울 점이 있다는 점에서

행운이고

그것이 그 누구도 아닌

바로 나의 이야기,

나만의 이야기라는 점에서

모든 일이 내게는 행운이다.

내게 이런 행복하고
특별한 일이 일어나다니.

얼마나 행운인가.

내게 이런 고난을

극복할 수 있는 일이 생기다니.

얼마나 행운인가.

내가 이 모든 일을
견뎌내었다니.

정말로 큰 행복이다.

불행과 행복을 가르는 기준은 자신에게 일어난 상황이
아니라, 그 상황을 판단하는 시선에 달려있다. 인생에서
우연히 마주친 역경에도 웃으면서 손 흔들 수 있는 사람
은 더 크게 성장한다. 불안할 수 있는 만큼, 행복할 수도
있다고 말하는 노연경 작가는 성장하는 사람이다. 그녀는
인생의 파도가 지나가기만을 가만히 기다리지 않았다. 남
들이 던진 말에서 멀어지고, 일상을 자신이 좋아하는 것
들로 채우는 법을 스스로 터득했다. 좌절의 순간에도 행
복을 찾는 법이 궁금하다면 이 책을 읽어보길 바란다.
— 김상현(《당신은 결국 무엇이든 해내는 사람》,《내가 죽으면 장례식에
누가 와줄까》 저자)

저는 이 책에 나오는 '아빠'입니다. 제 딸이 쓴 책에 추천
사를 남기는 순간이 올 줄은 몰랐습니다. 책을 읽어보니
제가 꽤 멋진 아빠로 나오네요. 제가 해 준 말들은 고작
이런 말밖에 없었던 것 같은데요.
"안 죽어. 괜찮아."
"한 번 사는 인생, 다소 막 살아줄 필요가 있다."

"알아서 해라. 네 인생이지, 내 인생이냐."

개떡같이 한 얘기들을 찰떡같이 알아들은 건지… 알아서 잘 커줘서 고마운 마음밖에 없습니다. 이 책을 읽고 나면 이런 단어들이 떠오를 겁니다. 사랑, 자유, 행복, 감사, 용기, 작고 소중한 것, 웃음, 미소. 부디 이 단어들이 독자 여러분의 삶 속에 오래오래 머무르기를 소망합니다.

— 노상범(노연경의 아빠)

무채색에 가까웠던 한 인간이, 자신만의 색으로 온전히 인생을 채워가는 과정을 지켜보는 것은 굉장히 즐거운 일입니다. 어쩌면 이미 다채롭게 태어난 그녀가, 스스로 씌웠을 무채색이란 껍질을 벗겨내는 과정일지도 모르겠습니다. 채워지든, 벗겨지든 그녀가 찾은 그녀의 색과, 그 것을 찾아가는 과정이 이 책에 고스란히 담겼습니다. 그 여정을 함께하시죠. 솔직히 이렇게 아름다운 색일 줄은 몰랐다, 연경아….

— 노선경(일러스트레이터)

Part 1

자유 : 결국 나는 또다시 내가 될 것이다

Part 2

음미 : 아침부터 일기가 쓰고 싶어지는 하루다

도착 — 행복을 발견하는 사람

Part 3

사랑 : 사랑은 늘 하고 있습니다

Part 4

성취 : 기술이 아니라 느낌을 배울 것

출발

바람을
알아차리듯

자유

결국 나는
또다시
내가 될 것이다

미친 짓이 하고 싶어질 때는 그런 생각을 한다.

그래, 나이 더 먹고 하느니 지금 하는 게 낫지.

나는 이미
나 자체로 다 되었다

내겐 배 속에서부터 함께 자란 일란성 쌍둥이가 있다. 나와 쌍둥이는 어릴 적부터 함께 그림을 그렸다. 그러나 그림이 그저 취미 정도에 불과했던 나와는 다르게 쌍둥이는 그림을 아주 잘 그렸고, 또 좋아했다. 잘하는 걸 좋아하기까지 하니까 실력은 빠르게 늘었고 고등학교 때 이미 이름을 알린 일러스트레이터가 되었다.

"걔는 몇 살에 뭐를 했대." 엄마 친구 아들의 소식

을 전해 들어도 비교가 되는 마당에 나와 나이부터 얼굴, 체형까지 모든 것이 비슷한 쌍둥이가 일찍이 재능을 찾아 승승장구하는 걸 가장 가까운 곳에서 지켜봐야 했던 나는 늘 조급할 수밖에 없었다.

"너무 조급할 필요 없어. 좋아하는 걸 어린 나이에 일찍 찾은 것은 대단히 운이 좋은 일이야. 첫째는 운이 좋았던 것뿐이야." 항상 조급하고 불안해했던 내게 아빠가 수없이 주었던 조언은 그 당시엔 씨알도 먹히지 않았다.

'나도 빨리 잘하는 걸 찾아야 하는데.' '나도 빨리 좋아하는 걸 찾아야 하는데.' '나도 빨리 유명해져야 하는데.' '나도 빨리 성공해야 하는데.'

하지만 나는 모든 것이 애매한 것만 같았다. 노래를 잘 부르지만 가수가 될 만큼 잘하는 것 같지 않았다. 그림에도 재능은 있지만 10시간씩 앉아서 몰두할 수 있을 만큼 좋아하는 것 같지도 않았다. 모든 게 이런 식이어서 새로운 걸 시도하더라도 '그만큼은 아닌 거 같아'라고 스스로 한계를 보고는 금방 다른 곳으로 눈을 돌렸다.

남들은 어떤 것을 월등히 잘하고 좋아하는데, 나는 여러 분야를 맛보기 하듯 발을 넣었다 뺄 뿐 금방 질려서는 '나 이거 좋아해! 미친 듯이!'라고 할 수 있을 만한 게 없었다. 무언가 특출난 단 한 가지를 찾아내야 할 것 같은 조급함이 내내 들었다. 나는 엄청나게 잘하는 것도 없고, 좋아하는 것도 없는데 뭘 해 먹고 살아야 하지? 나는 그냥 이렇게 애매하고 평범하게 살다 죽겠구나 싶었다. 빛나고 멋진 사람이 될 거란 기대를 포기해 버리기도 했다.

그런데 그런 생각은 꼭 무엇인가가 되어야겠다는 관념 때문이었다. 노래를 좋아하면 그냥 노래를 하면 되는데, 가수가 되어야겠다는 생각 때문에 포기하게 된 것이다. 그림을 좋아하면 그냥 그림 그리는 그 자체를 좋아하면 되는데 자꾸만 다른 사람이 그려 둔 훌륭한 그림들을 보면서 '나는 이렇게는 못 그려' 하면서 좋아하는 일들을 일찌감치 접어 버렸다.

좋아하는 것을 하면서 무엇인가 될 생각을 하니 그 자체에 집중할 수 없어진 것이다. 그림을 좋아하면 그냥 그리면 되는 건데. '유명한 웹툰 작가가 되어야지!'로 시작한 생각은 항상 '학원을 다닐까? 학교는 어디로 진학하지? 플랫폼은 어디로 정해야 할까? 사람들이 내 그림을 안 좋아하면? 내가 다른 사람만큼 잘 그릴 수 있을까? 왜 나는 저 사람만큼 안 되는 거지?'로 끝맺어졌다. 많은 상상과 비교를 하면서 쉽게 지쳐 버렸다. 그렇게 좋아하던 그림 그리기는 꿈도 되어보지 못한 채 고이 접어져서 '꿈이 되기엔 애매한 취미 상자' 속에 보관되어 버린 것이다.

꼭 무엇인가 될 필요가 없었다. 나는 이미 '나' 자체로 다 되었다.

무엇인가 되어야겠다는 생각은 어디서 나왔던 걸까. 무엇이 되려고. 가수? 작가? 사업가? 직급을 올리는 것? 직업을 가지는 것? 어떤 직업을 갖는 것이 진정한 내가 되는 것이었을까? 아니었다. 직업은 언제든 바꿔 입을 수 있는 옷에 불과했다. 낮에는 회사원이다가 저녁엔 작은 홀에서 노래를 부르는 록가수일 수 있다. 뭐가 되었든 회사원인 나도, 노래를 부르는 나도 결국엔 모두 '나'인 것이다.

나는 꽤 오랫동안 그 사실을 깨닫지 못했다. 쌍둥이와 비교하면서, 또 다른 이들과 비교하면서 얼른 훌륭한 업적을 이뤄내야만 한다는 조급한 마음에 좋아하는 것들을 하나씩 포기해 왔다. 시작부터 완성을 바랐다. 너무 큰 부담을 가지고 좋아하는 것들을 대했다. 그럴 필요 없었다. 글 쓰는 것을 좋아하면 작가가 되는 것까지가 완성이 아니라 '글 쓰는 나' 자체로 이미 완성이다. 조급해할 필요 없다. 이미 내 안에 다 있다. 가수도, 화가도 무엇이든 이미 다 내 안에 있는 것이다.

아주 어릴 때부터 나는 읽고 쓰는 것을 좋아했다. 내 방엔 늘 책이 쌓여 있었고 도처에 널브러진 공책엔 빽빽하게 써 내려간 활자들로 가득했다. 글쓰기에 자부심이 있어 글쓰기 대회란 대회는 전부 다 나가 상을 쓸어왔고, 누군가 내 글을 읽어 줄 때면 부끄럽지만 기분이 좋았다. 그러나 작가가 되는 건 늘 상상으로만 남겨두었다.

늘 '작가가 될 만큼은 아니지'라는 생각에 글쓰기를 망설이고 있었다. 내가 좋아하는 것들이 도처에 널려 있는데 뭘 좋아하는지 모르겠다며 안절부절못하고 있는 꼴이라니. 작가가 될 필요가 있었나? 글 쓰는 걸 좋아하는 나는 글 쓰는 '나' 자체로 이미 완성인걸. 그걸로 이미 다 된 것이다. 그래서 나는 그냥 쓰기로 마음을 먹었다. 계속해서.

그러니 나는 좋아하는 일을 충분히 할 수 있다. 하고 싶은 일을 하면서 살아갈 수 있다. 무언가 될 필요 없다. 직업이란 옷을 입고 성공해야 한다는 조급함에 다시는 좋아하는 일을 포기하지 말자. '직업'과 '성공'은 남들이 정해 둔 기준에 불과하다.

남들의 기준에 맞추어 서둘러 도착한 곳에 진정한 내가 있을 리 없다. 나는 나 자체로 이미 완성이다. 나로서 이미 성공이다. 내 안에 내가 꿈꾸는 일들이 이미 다 있다. 단지 좋아하는 걸 조금씩 끄적여 봄으로써 세상 밖에 태어나길 기다리고 있는 것이다.

글 쓰는 것을 좋아하면
작가가 되는 것까지가 완성이 아니라
'글 쓰는 나' 자체로 이미 완성이다.
조급해할 필요 없다.
이미 내 안에 다 있다.

좋아하는 것들로

내 일상을 채우는 일을

게을리하지 말아야 한다

  좋아하는 것들로 내 일상을 채우는 일을 게을리하
지 말아야 한다. 해야만 하는 일들과 미래에 대한 걱
정들로만 내 일상이 채워지다 보면 결국 내 인생을 사
랑할 수 없어진다.

  나는 책이 좋다. 자꾸만 해야 할 것들로 머릿속이
복잡해지고 마음이 조급해질 때면 책을 꺼내 든다. 삶
의 이정표를 제시해 주는 듯한 따뜻한 문장들로 마음
을 가라앉히고, '나'에 대해 찬찬히 생각하다 보면 다시금 내 안에서부터 채워지게 된다. 다시 길이 보이기 시작하고 하고 싶은 일들이 명확해진다.

어느 날은 점심을 먹기로 한 쌍둥이가 늦는다고 해서 기다리는 겸 길바닥에 앉아 책을 읽고 있는데 지나가던 할머니가 가던 길을 되돌아오시더니 물으셨다.

"왜 여기서 책을 읽고 있나요? 조금만 더 가면 관악청소년관이라고 책 읽기 아주 좋은 곳이 있어요."

가족을 기다리는 거라고 하니까 다행이라 하시더니 웃으며 돌아가셨다. 나중에 내 스스로를 돌아보니 추리닝에 후드티 차림으로 땅바닥에 철썩 앉아 책을 읽는 모습이 딱 거지꼴이었다. 혹시나 걱정이 되어 물으셨나? 그럼에도 생판 남에게 말 한마디 걸어주는 게 요즘 세상에 쉬운 일이 아닌 걸 알아 오랜만에 마음이 참 따뜻해졌다.

그때는 2주간 긴 방황을 했을 때였다. 아니 방탕을 했다. 늘 끼고 다니던 책도 넌더리가 나서 거의 읽지 않았다. 당최 갈피를 잡지 못하고 술만 매일 마셨다. 번아웃이었을까. 슬럼프였을까. 무기력이었을까. 이유야 많겠지만 이런 시기는 어찌 됐든 늘 찾아온다. 중요한 건 이런 생활이 지속되다 보면 일상이 무너지고 결국 자신을 잃게 된다는 것이다. 얼마간은 전부를 잃은 느낌이었다.

그래서 당분간 금주를 하기로 하고, 좋아하는 책 한 권을 들고 나섰다. 덕분에 와닿는 문장들을 만났고, 길 가던 할머니를 만나 마음이 따수워졌다. 쌍둥이와 점심부터 고기를 배 터지게 먹고선 날이 좋길래 집까지 1시간을 걸어 산책을 했다. 전날 비가 대차게 내린 덕에 마침 날씨까지 선명하게 갠 참이었다.

좋아하던 몇 가지 다시 되돌려놨을 뿐인데 아침부터 벌써 기분 좋은 일이 몇 개나 생긴 것이다. 날씨와 함께 일상도 차츰 선명하게 돌아오고 있었다.

고층 아파트 2층인 내 방은 아침 해가 잘 들지 않는다. 기분이 꿀꿀한 날이면 햇볕과 산책을 좋아하는 나는 오전 8시, 빵이 새로 나오는 시간에 맞춰 조금 걸으러 나간다. 캄파뉴를 플라스틱 봉지에 포장하지 말고 곧장 종이봉투에 담아 달라고 부탁한다. 직원은 그러면 빵이 금세 눅눅해질 거라고 당부한다. 빵 좀 눅눅하게 먹지 뭐.

우리 집 1층으로 내려가 곧장 뒤로 돌면 공원으로 가는 작은 샛문이 나온다. 볕이 잘 들지 않는 우리 집과는 다르게 공원이 있는 뒷동산은 아침부터 햇빛을 양껏 받아 오만 색이 쨍쨍하게 다 들어있다. 그러면 나도 그제서야 아침을 맞이한다.

얼마 전까지만 해도 벚꽃이 흐드러져 있던 동산엔 장미가 덮혀있었다. 이곳에 햇수로 벌써 8년을 살면서 이 시기 여기에 장미가 피는 줄도 모르고 살았다. 색도 참 다양하다. 누가 심어다 둔 걸까? 어련히 피었을까? 장미가 원래 들에 피는 꽃이던가? 장미는 원래 우아한 꽃이 아니었나? 심어만 두면 이렇게 잘 자라는 꽃인가? 난 갑자기 8년을 산 우리 집 뒷동산도, 평생을 본 장미도 아무것도 모르는 사람이 되었다. 순간 바보가 된 기분이었지만 뭐든 잘 알고 있다고 생각하는 것이야말로 정말 바보 같은 짓이었단 걸 이내 깨닫는다.

커피 대신 보온병에 담아 온 차. 읽으려고 벼르고 있었던 책. 설탕과 버터는 넣지 않고 국산 팥을 잔뜩 넣은 팔뚝만 한 캄파뉴. 반은 공원에 앉아 책을 읽으면서, 반은 집으로 돌아와 올리브유를 둘러 다 먹었다. 짧은 아침 산책. 좋은 일이 생길 것 같은 하루다.

어렵게 생각하지 말자. 좋아하는 일을 매일 조금씩 쌓으면 내가 되고, 그게 나의 일상을 지킨다. 결국 내가 좋아하는 것들로 채워진 존재를 '나'라고 부를 수 있다. 내 인생도 내 것이라 할 수 있으려면 내가 좋아하는 일들로 가득 채워 나가야 한다. 남들이 좋다고 하는 것들, 남들이 해야 한다고 하는 것들은 결국 밖에서 오는 것들이다. 나는 오로지 내 안에서만 채워질 수 있다.

그러니 아무리 사소하고 작은 것들이라도 내가 좋아하는 것들에 귀를 기울이고 좋아하는 것들로 내 일상을 채우는 일을 게을리하지 말아야 한다.

더 많이 웃자. 결국 나는 또다시 내가 될 것이다.

남들이 좋다고 하는 것들,

남들이 해야 한다고 하는 것들은

결국 밖에서 오는 것들이다.

나는 오로지 내 안에서만 채워질 수 있다.

책을 들고 다니면
재밌는 일이 많이 생긴다

나는 책을 들고 다니는 일을 좋아한다.

책을 들고 다니면 재밌는 일이 많이 생긴다. 일단 내 스스로도 지루할 틈이 없다.

술자리에도 어김없이 책을 들고 나간다. 밤늦게 나갈 때면 거추장스러워 가방도 메지 않지만 책은 꼭 한 권 들고 나간다. 지하철에서 책을 펴든다. 술을 들이붓기 전에 든든한 양식을 챙기는 기분이다. 망나니가 되어 난리를 피우기 전에 나는 원래는 차분한 사람이야, 하고 일말의 죄책감을 씻는 기분에 괜스레 뿌듯하다. 전철을 타고 가는 시간에도, 환승역에서 기다리는 시간에도 책에서 눈을 떼지 못한다. 오래 걸릴수록 차분해지는 시간을 즐긴다. 자투리 시간을 효율적으로 사용하는 기분에 나는 점점 더 뿌듯해진다.

친구들은 오늘도 20분씩 늦게 도착한다. 나는 술집에 먼저 도착해 앉아서는, 또 책을 펴든다. 소줏집에서 일행도 없이 주문도 안 하고 책 읽는 사람이란. 이상해 보인다. 소줏집과 독서. 도저히 어울리지 않는 조합이라니. 그 또한 재밌다. 친구들이 아무리 늦어도 화가 나지 않는다. 책의 내용은 점점 더 흥미진진해지고 직원들은 주변을 서성인다. '친구들이 조금 늦게 온대요.' 속으로 오히려 그들이 더 늦게 오길 바란다. 한 줄만 더 읽을래….

막 도착한 친구들은 내 모습을 보곤 한마디씩 건넨다. "책을 읽고 있어?" "대체 무슨 컨셉이야?" 무슨 컨셉이긴… 내가 책을 가지고 오지 않고 휴대폰을 잡고 있었다면 너희는 5분마다 내 독촉 전화를 받아야 했을 것이야. 다행인 줄 알도록.

소주 한 잔이 셀 수 없이 많은 잔이 된 뒤엔 친구들과 취해서 클럽으로 향한다. 나는 앤드루 포터의 《빛과 물질에 관한 이론》을 옆구리에 끼고 클럽이 있는 지하로 정신없이 내려간다. 마땅히 짐을 둘 곳이 없어 책을 들고 서서 술을 마신다. 바에 서서 데킬라를 한 잔하고 있는데 예쁘장한 여자가 와서 묻는다.

"책을 좋아해요?"
"네."

몇 시간 전 친구들이 내게 준 눈빛과 같은 눈빛을 줄 법도 한데, 술 한잔 걸친 이들은 되려 친절하다. 여자는 꺄르르 웃으며 말한다. "신기하다. 책 좋아하는 사람은 처음 봐요." 저도 사실 클럽에 책을 들고 오긴 처음이에요.

 그녀는 오늘 밤을 더 특별하고 재밌는 밤으로 만들어주고 싶었는지 주위를 훑어보며 내게 이상형을 물어왔다. 나는 짝을 찾으러 온 것이 아니었고, 그래서 그녀가 그 방면으론 더 노력을 안 해도 된다는 걸 유쾌하게 알리고 싶었다. 나는 그녀에게 방금 각인시킨 컨셉을 살리며 "책 좋아하는 사람이요."라고 대답했다. 그녀는 또 꺄르르 웃으며 주위를 둘러봤다. "이곳엔 없겠네요."

 컨셉을 살리겠다는 나의 의지는 데낄라 몇 잔으로 자취를 감췄다. 예정되었던 망나니가 되면서 바에 잠시 올려 둔《빛과 물질에 관한 이론》이 의지와 함께 먼 곳으로 자취를 감춘 것이다. 다음 날 아침에 일어나보니 집에 가기 전 바텐더에게 정신없이 흔들어 보였던 폰에 이런 메모가 남겨 있었다.

제가 책을 잃어버렸는데 차ㅈ으면 연락ㅈㅜㅅㅣㄹ..
4:59am

아무튼 책을 들고 다니면 재밌는 일이 많이 생긴다.

누구로

살겠는가

나는 나를 사랑하는 게 어려웠다.

그건 자신감이 가득한 것과는 조금 달랐다.

누구보다 잘 살 자신은 있었다.

하지만 '나' 자신으로 살 자신은 없었다.

늘 누군가를 나보다 우선시했고,

그들의 뒤에서 잘 되도록 돕는 것이 나를 위한 것이

라 착각했다.

그건 태어날 적부터 계속된 비교의 결과이기도 했다.

나보다 잘난 사람은 언제나 있었고, 그게 나에겐 가족이었다.

특히 쌍둥이 운 좋게 아주 일찍이 재능을 발견했고, 그 재능은 날개 돋친 듯 날아올랐다. 아주 가까이서 그걸 보고 자란 어린 나는 늘 조급했다.

'나도 빨리… 빨리…'

비교의 결과는 결국 '저렇게는 못 할 거야' '나는 안 될 거야'가 되어 버렸다.

그래서 나는 2인자가 되길 선택했다.

내 스스로 날아오를 생각을 하기보단, 누군가를 도와 그들이 잘 되길 도와주는 것이 내 천성에 맞는 것이라 믿어 버린 것이다.

"나는 내가 제일 좋아."
이 말을 하기까지,
나를 내 인생의 주인공으로 다시 세우기까지
나는 내 20대의 전부를 바쳐야 했다.

집을 떠나, 사랑하는 사람의 곁을 떠나
나를 지독한 고독 속으로 내던져서 읽고, 쓰고, 울고
혼자만의 시간을 보내고 나서야 '나'를 깨우칠 수
있었다.

내가 진정으로 사랑하고, 응원하고
무슨 일이 있어도 손을 놓지 말아야 할 '나'라는 존
재가 여기 있던 것이다.

지금까지의 내 인생은
평생에 걸쳐 치열하게 나를 찾아가는 단계였다.

나는 나를 찾았는가?

나는 나를 사랑할 준비가 되었는가?

나는 결심했다.

결심

누군가를 사랑하는 데
큰 결심과 용기가 필요한 것처럼
나를 사랑하는 데에도
그만한 결심과 용기가 필요하다.

나를 최고로 사랑할 용기,
무슨 일이 있어도 나만은 내 편이 되어줄 결심.

내 멋대로 할

구실이 생겼다

나는 운이 좋게도 아주 작은 유명세를 쌓았다. 친구들 사이에서도 (그들의 말로는) 항상 관심의 대상이었다. 어쩌면 선망에도 가까웠다. 하지만 운이 안 좋게도, 사람들은 내가 얼마나 불행했는지를 모른다.

나는 꾸준히 힘들다고 토해내듯 밝혔다. 그건 물론 잘한 일은 아니다. 아무튼 나는 그들이 나를 어떻게 생각하든 간에 내가 식이장애와 우울증을 겪어왔고, 가정폭력으로 이혼을 했고, 지독한 악플에 시달려

소송을 3번이나 해야 했으며… 등등 힘든 상황에 있음을 알렸다. 하지만 나의 이야기를 진심으로 듣고 있는 이들은 그리 많지 않았다. "아 그랬어? 그때 바빴어…" 나라고 안 바빴을까. 그럼에도 그들은 꾸준히 알려고 하지 않았다. "그런 일이 있는 줄 몰랐어요." "정말 잘 버텨냈군요." 잘 버텨냈다니. 나는 거의 죽음에 가까운 고통을 겪고 있었다.

생각해 보면 그건 아주 좋은 일이다. 사람들은 내게 어떤 일이 일어나고 있는지를 모른다. 아니 관심이 없다. 그럼 내가 어떻게 하든 간에 그들과는 영 아무런 관계가 없다는 거 아닌가? 나는 드디어 내 멋대로 할 구실이 생긴 거다.

직업에
대하여

사람들이 착각하는 게 있어요.

내 직업이 곧 나인 건 아니에요.

직업은 직업이고, 나는 나예요.

그래서 내 행복이 직업에 달려있진 않아요.

물론 내가 행복해하는 직업을 선택할 수 있다면 좋

겠죠.

하지만 내가 좋아하는 일을 하기 위해서

싫어하는 일도 반드시 해내야 해요.

모든 일에 100% 좋고 나쁜 건 없어요.

모든 것에 조금씩 나쁜 부분이 있을 거예요.
나쁜 것에도 좋은 부분이 있을 거고요.

중요한 건 내가 가치를 어디다 두느냐예요.
직업은 그 뒤에 오는 거예요.

가보지 않은 길이
두렵다는 너에게

나 26살에 이혼했을 때 이혼 후의 삶이 두렵긴 하
더라.

안 가본 길이니까.

그때 엄마는 내게 이런 말을 했어.

"이해의 폭이 넓어지는 거야.

너는 해봤으니까 이혼한 사람에 대한 편견은 없을
거 아냐."

20살에 대학에 간 사람이
후회로 가득한 삶을 살다가
24살에서야 뒤늦게 대학에 간 사람의 마음을
이해할 수 있겠어?

난 요즘 사는 게 너무 재밌다.
사람 얘기 듣는 것도 재밌고, 참 사연 많고
별일 다 있어.
다들 각자만의 이야기를 가지고 있는 게
너무 신기해.
똑같은 경험이 어떻게 하나도 없대?

자기만의 이야기를 쓰는 거야.
누구도 대신 못 써주는.
앞으로 무슨 일이 있을지 모르니까 두려울 수 있어.
근데 대학을 20살에 가든, 24살에 가든, 30살에 고
등학교를 졸업하든 다 너만의 이야기야.
그러니까 후회할 것도 두려울 것도 없어!

백지 위에 글과 그림을 그려나가는 일도 힘든데 인생은 어떻겠어.

잘 써 내려가 보길!

Part 2

음미

아침부터
일기가 쓰고 싶어지는
하루다

여전한 것들이
여전히 있다

2018년 인도네시아 발리, 그중 짱구에는 '올드맨'이라는 펍이 있었다. 짱구는 많은 서퍼들과 관광객들이 모이는 지역이었고, 그중에서도 올드맨은 긴 파도를 끌고 와 서퍼들에게 인기가 많은 해변 앞에 위치해 있었다.

현지 서퍼와 전 세계에서 날아 온 서퍼들이 2,500원 남짓한 빈땅이라는 발리 맥주를 한 병씩 들고 해질 때쯤 그곳으로 모여들었다. 사람들은 선셋을 보면서 탁구를 쳤고, 저녁이면 노랫소리에 맞춰 새벽까지 정신 없이 춤을 춰댔다. 사방이 시원하게 뚫려 있어 바닷바람이 그대로 나를 에워싸는 느낌이 드는, 뜨겁고도 시원했던 그곳에서 나 역시도 새벽까지 맥주를 마시고 춤을 추다가 두어 시간 겨우 자고서 동이 트기도 전에 서핑을 하러 나가곤 했었다.

2024년, 6년 만에 다시 찾은 올드맨. 낡은 탁구대로 서퍼들이 모였던 올드맨이 세련된 클럽으로 바뀌었다. 직원의 말로는 짱구에 대대적인 공사를 하는 프로젝트가 있었다고 한다. 5년간 발리는 코로나를 겪으며 서퍼와 관광객들의 발길이 끊겼고, 그 기간 동안 다시 붐비게 될 미래를 기약해야만 했던 정부에서 짱구 개발 프로젝트를 진행했다고 한다. 쌍둥이와 나는 "아니야… 이게 아니야…" "우리의 올드맨이… 사라졌어…" 아쉬워하면서 마음속 고향의 한 부분을 잃은 것처럼 속상했다.

그래도 어쩔 수 없지. "한잔하고 가자!"며 예전처럼 빈땅을 한 병씩 시켰다. 쌍둥이는 일이 바빠 핸드폰을 붙잡고 업무를 봐야 했고, 혼자 놀아야 했던 나는 이제 갓 만들어진 스테이지에서 춤을 추는 사람들을 보며 맥주를 마셨다. 그리고 찬찬히 시선을 옮겨가며 어디가 어떻게 달라졌는지, 올드맨의 변화를 읽어보고 있었다. '예전 그 모습이 거의 없네…' 하며 시선을 하늘 위로 올리는데, 야자수가 바람에 흔들리면서 '솨아-' 하는 소리를 내고 있었다.

엇, 바람이 부네…? 바람이 불고 있었어.

해변 바로 앞에 위치한 올드맨엔 늘 바닷바람이 불었다. 와, 이 바람! 그대로야. 야자수도, 그리고 조금은 취한 나도! 야자수가 바람에 세차게 흔들리다 다시 부드럽게 춤을 추는 것을 보았다.

나도 손을 뻗어 바람과 춤을 췄다. 야자수에서 넘

어와 내 손가락 사이로 스며드는 바람. 야자수의 흔들림 따라 내 몸도 리듬을 타고 바람을 느낀다. 아! 너무 좋다. 여전히 불어오는 바닷바람, 술 취해서 들려오는 노래. 그것만은 여전했다. 그리고 그걸 보는 내 감정 또한 여전하다. 아마 그때도 취해있었기 때문이겠지. 또다시 느낄 수 있는 것들을 느낄 수 있었다.

감상 그리고 감명. 여전한 것들이 여전히 있다. 내게 주어진 것들이 여전히 많다. 그걸 가질 수 있는 한 올드맨이 바뀌었다고 아쉬워할 것이 없었다.

나는 너무 좋아서 카메라를 꺼내 들고 흔들리는 야자수의 잎을 담았다. 네잎클로버가 그려진 노트를 꺼내 당시의 감정도 마구 써 내려갔다. 나는 이 노트를 '행운수집록'이라 부른다. 쉽게 지나칠 수 있는 이 행운과도 같은 감정들을 발견해낼 수 있음에 감사하며 지은 이름이다. 들여다보지 않으면 찾을 수 없는 네잎클로버와 같은 행운을 모아둔다. 다 써 내려간 뒤엔 쌍둥이에게 나는 지금을 즐겨야겠다며 혼자 노랫소리가 제일 큰 디제이 박스로 달려가 바람을 느끼며 춤을 췄다. 나는 몸치인데, 바람을 타는 것은 춤을 추는 것과는 달랐다. 그건 그냥 느끼는 거였다.

나중에 알게 된 사실이지만, 이른 오후 한산한 시간이면 새 탁구대를 설치해 사람들이 탁구를 즐길 수 있도록 해두고 저녁이 되면 다시 한쪽으로 치워두는 식으로 올드맨이 나름의 전통과 이벤트를 지켜나가고 있었다. 역시나 여전한 것들이 여전히 있었다.

바람은
어디에나 있다

나는 가끔 너무 괴로워서 소중한 것들이 나와 함께 있다는 것을 잊어버리고 말 때면 바람이 있는 곳으로 간다. 바람은 어디에나 있다. 만질 수는 없지만 반드시 나를 스쳐 지나가고 있는 바람을 느끼면 나는 금세 다시 살아있음을 느낀다. 내게 소중한 것들이 항상 내 곁에 있음을 떠올린다.

생명, 시간, 사랑, 영혼.

끝이 어딘지도 모른 채 흘러가는 것들과 함께 나도 흐른다. 눈에 보이지도, 손에 쥘 수도 없지만 함께 흐르는 것들. 그저 살아있는 것만으로 함께 흘러가는 소중한 것들. 그러니 일단 살아있어야 한다. 나는 그것들을 그저 느끼려고 애씀으로, 생명과 시간과 사랑과 영혼이 함께 하고 있다는 것을 매 순간 인식하려 부단히 노력함으로, 형체도 없는 그것들을 간신히 붙잡고 있다.

살아있는 것이란 소중한 것들을 살결로, 온 마음으로 느낀다는 것일까. 의식하지 않아도 매초 작고 가쁜 호흡을 이어가고 있음을, 해가 지면 반드시 밤이 옴을, 사랑하는 사람을 부르고 만질 수 있음을, 그럼에도 영원히 외로울 영혼이 여기 있음을, 살아있음으로 느낄 수 있다. 살아있다는 건 얼마나 기적 같은 일인가.

소중한 조각을
찾으러 가는 거야

"연경아, 파리에 오지 않을래?"

26살, 내가 이혼으로 힘들어하고 있을 때, 파리에 살고 계시는 아빠의 절친, 영욱 아저씨께서 내 소식을 듣더니 물으셨다. 마침 아파트 하나를 예쁘게 꾸며 게스트하우스로 쓰기로 했으니 잠시 와서 지내다 가라고. 아저씨는 그 말을 남기시곤 한국에서의 짧은 일정을 마친 뒤 파리로 돌아가셨다. 아저씨는 파리로 돌아가신 후로도 아빠를 통해 내 안부를 물어 오셨다. 아빠도 가끔 "파리 한번 다녀오지?" 하며 나를 툭툭 찔러 보았다.

나도 그 말을 듣고부터는 으레 파리에 가야 하는 것처럼 한국에서 해야 할 모든 일을 끝내 버리고 별 고민 없이 파리행 비행기 티켓을 끊었다. 에펠탑이 있다는 것 말고는 아무것도 모르는 파리로. 평소에 갈 생각조차 없었던 유럽으로. 사람 많고 물가가 가장 치솟는 극 성수기인 7월에. 고민도, 아무 계획도 없이.

대충 짐을 꾸려 티켓 하나 달랑 들고서 파리행 비행기에 올랐다. 집을 나와 공항으로 향하고 비행기가 한국 땅을 뜰 때까지, 나는 떠나는 순간조차 내가 왜 떠나는지 몰랐다.

생각해 보니 오래전 대학생 때 떠났던 3개월간의 발리행도 그랬다. 그때 나는 7년 동안 이어진 섭식장애로 몸과 마음에 납을 달고 살았다. 그건 아주 무거운 납이어서 나는 땅을 보고 걷는 날이 많았다. 남들 다 하는 먹는 일조차 쉬이 못 하다니. 삶 전체를 부정 당하는 기분으로 살았다.

어느 날 아빠가 집 앞 내가 좋아하는 옛날 통닭집 에서 켄터키치킨 한 마리를 사다 주셨다. 치킨을 앞에 두고 먹는 둥 마는 둥 하고 있는데 아빠가 맥주 한 캔 을 가지고 오시더니 치킨 몇 조각을 안주 삼아 드시기 시작했다.

한참 먹고 있는데 아빠가 대뜸 요즘 거식증은 어떠 냐고 물었다. 나는 그냥 괜찮다고 대충 둘러대었다. 아빠를 무시하려고 했던 것은 아니다. 다만 그 사실을 굳이 끄집어 내어 내가 아픈 사람이란 것을 깨닫고 싶 지가 않았다. 섭식장애라는 게 겉으로 보기엔 평범한 사람과 전혀 다르지 않기 때문이다. 하지만 다 알고 있다는 듯 아빠는 그냥 넘어가지 않았다. 그렇다고 강 요하지도 않았다. 아빠는 무겁지 않은 목소리로 가볍게 수다를 떨 듯 말을 걸었다.

"연경이 너도 발리를 가는 건 어때?"

그 당시 어렸을 적에 잠시 미술을 가르쳐주셨던 선생님이 발리에 살고 계셨다. 쌍둥이와 엄마는 선생님의 집으로 짧은 휴가를 떠나 있던 차였다. 아빠는 내가 쌍둥이를 따라 선생님네 집에서 시간을 보내다 오는 건 어떠냐 묻는 거였다.

너무도 어렸을 때부터 고착되어 버린 섭식장애에 굳이 고쳐야겠다, 말겠다, 이렇다 할 생각 없이 지내고 있는 나에게 아빠는 지금보다 조금이라도 나아질 수 있다면 내가 할 수 있는 크고 작은 일들을 계속해서 시도해보았으면 좋겠다고 말했다. 나는 또 알겠다며 대충 얼버무렸다. 아빠의 말에 나는 겨우 대답만 할 뿐이었고, 이런 식의 대화가 아빠는 답답한 듯했다.

힘든 일을 속에 두고 혼자 앓다 보면 그 속에서 썩어 문드러져가는 법이라고 친구들이나 당신에게 터놓고 얘기해 주길 바라셨다. 아빠의 말대로 고통에 납을 달아 속으로 깊숙이 집어 넣은 터였다.

"아빠는 네 상황에 놓여본 적이 없으니 너를 다 이해하지 못해. 그래서 혹시 상처를 주게 될까 봐 무서워. 하지만 그렇다고 하더라도 말을 하지 않으면 모르니 꼭 말해줬으면 좋겠어."

순간 눈물이 핑 돌았다.

아빠도 내 아픈 곳을 건드리는 이야기를 꺼내기에 맥주를 한잔하셔야 할 만큼 용기가 필요하셨을 테다. 아빠는 이 문제가 아니면 나에 대해서는 더 바랄 것이 없을 것이라고 했다. 나 또한 내 삶이 훨씬 행복할 것이라고 답했다. 아빠도 공감해 주었다. 순간 덮어놓고 외면하던 고장난 내 모습을 꼭 고쳐야만 하는 이유가 생겼다. 어쨌든 더 이상 나만의 문제는 아니었던 것이다.

아빠는 내게 큰 숙제를 던져두고는 일찍 잠자리에 드셨다. 나는 노트북을 켜서 발리에 있는 쌍둥이와 새벽 내내 대화를 나눴다. 선생님도 내가 온다면 더할 나위 없이 좋은 시간을 보낼 수 있을 거라고 하셨다.

그렇게 3일(동안 30일 치의 고민을 마친) 뒤 휴학서를 내고 가진 전 재산을 털어 발리행 비행기에 올랐다. 중간고사를 고작 1주일 남긴 시점이었다.

그때의 여행이 내 인생을 대단히 바꿔놓지는 못했지만, 나는 떠나기 전과는 분명 다른 사람이 되어 돌아왔다. 그리고 내가 아닌 듯 처음 느껴보았던 새롭고 강렬했던 감정과 기억들은 나에게서 빼놓을 수 없는 소중한 조각들이 되어 주었다.

나는 떠나는 순간조차 왜 떠나는지를 몰랐는데, 떠나고 나서야 깨달았다. 그 조각들을 찾으러 떠난 것이었다.

파리로 떠나기로 했을 때도 그랬다. 오란다고 해서 가지만, 왜 떠났는지는 몰랐다. 혼자가 되었고, 마침 아저씨가 한국에 오셔서 나를 만났고, 마침 게스트하우스를 이제 막 꾸리셨고, 또 마침 내게 오라 하셨다. 그런 시간들과, 말들과, 기회가 내게 온 이유가 분명 있을 것이었다. 나를 또 어떻게 바꿔 주려고. 꼭 대단하지는 않지만 내게 어떤 조각을 주려는 듯이. 그러니까 나는 오라고 하시면 가야죠, 하고 떠나는 수밖에는 없었다. 늘 감사한 마음으로.

그런 마음은 늘 나를 설레고 들뜨게 만들었다. 다르게 말하면, 여행을 좋아하지만 돈이 없고 해야만 하는 것들이 많았던 어린 내게 아주 특별한 구실이 되어주었다. 당장에라도 떠나야만 할 것 같은 마음. 잠시 내려놓고 떠나도 될 것 같은 마음. 그래서 그런 기회들이 찾아오면 감사함을 가득 안고서 주저 없이 떠나기로 했다.

좋아하는 일, 하고 싶은 일보다 당장에 가진 게 없어 해야만 하는 일, 이뤄내야만 하는 일에 몰두해 있던 나에게 아주 쓸모 있는 재주 하나가 있었다면, 오라고 하면 가야죠, 하면서 어떻게든 구실을 만들어 내는 재주였다. 나를 위하지 않았던 와중에도 가장 나를 위하고 싶었던 나의 마음이 만들어 낸 재주. 나는 행복하고 싶었던 거다.

"아빠는 네 상황에 놓여본 적이 없으니
너를 다 이해하지 못해.
그래서 혹시 상처를 주게 될까 봐 무서워.
하지만 그렇다고 하더라도 말을 하지 않으면
모르니 꼭 말해줬으면 좋겠어."

공원에서
훔친 여유

파리에서 지낸 두 달 동안은 대부분의 시간을 혼자 보냈다. 태어나 처음 겪어 보는 고독과 외로움의 시간. 가족도 친구도 없이, 파리에 대한 어떤 정보도 없이 그야말로 낯선 도시에 덩그러니 놓인 느낌. 그토록 아름다움이 넘치는 사랑의 도시에, 이제 막 혼자가 된 20대의 내가, 먹는 것 하나 제대로 못해 삶을 헤쳐 나갈 자신이 뚝 떨어져 버렸던 내가 혼자 서 있었다.

2주 계획으로 갔던 여행은 결국 두 달을 넘겨버렸

다. 파리에서 보낸 혼자만의 시간들은 낯설었으나, 곧 처음 맞이한 외로움에 미친 듯이 빠져들게 되었다. 숙소를 옮기고 기간도 연장하며 안락한 집도 없는 먼 타국에서 두 달을 지내며 생생한 외로움을 곱씹었다. 주말이면 혹시나 굶고 있을까 집으로 불러다 요리해 먹여주신 아저씨 가족들을 제외하고는 두 달 동안 내게 주어진 자유와 고독의 시간을 오롯이 혼자 채워 나가야 했다.

나를 파리에 붙잡아두었던 것은 루브르도, 에펠탑도, 와인도, 미식도 아니었다. 아침이면 나는 빵이 나오는 시간에 맞춰 나가 갓 나온 바게트를 사 들고, 공원에 가서 누워 있기를 좋아했다. 남들 다 가는 박물관 같은 곳은 한 군데도 가보지 않았는데, 파리에 있는 크고 작은 공원들은 모두 찾아가서 누워 있었다.

개중에는 주택 단지 안에 있는 아주 작은 공원들도 있었다. 그런 곳에도 점심시간이면 사람들은 의자고,

잔디고, 흙바닥이고 앉아서 간단한 식사와 함께 긴 대화를 나누었다. 그 시간대의 그들은 전혀 바쁘지 않았고, 주어진 시간을 만끽할 줄 아는 듯 보였다. 나는 식료품점에서 생전 처음 보는 통조림이나 식재료, 치즈들을 이것저것 사 들고 가서 빵과 함께 뜯어 먹으며 그들을 몰래 훔쳐보기를 즐겼다.

사 온 것들이 동이 날 때면 자리를 털고 일어나 오래 걸었다. 혼자 걷고 산책하면서 계속 그들을 훔쳐보았다. 사람들이 어떻게 시간을 보내고 있는지를. 그들은 여유를 보낼 줄 알았다. 공원 곳곳에 아무렇게나 놓인 의자에 앉아 책을 읽기도 하고, 모여 앉아 담배를 피웠다. 돗자리 같은 건 굳이 펴지 않은 채 맨몸으로 드러누워 햇볕을 쬐었다. 아무렇게나 왔다가, 아무렇게나 있다가, 아무렇게나 가는 것이다. 나는 저런 것들을 가진 적이 없었다.

그들의 여유를 부러워하다 이내 깨달았다. 그들의

여유를 구경하며 일도 안 하고 하루 종일 공원에서 빵
이나 뜯어 먹으며 흘린 나의 시간이야말로 일상을 살
고 있는 그들은 가지지 못한 베짱이 같은 여유임을.
파리까지 왔으면서 루브르 박물관도 가지 않은, 관광
객으로서 의무도 버린 채 그저 행복하기 위해 떠나온
나만이 가질 수 있는 여유임을. 나는 누구보다 최선을
다해 열정적으로 여유롭고 있었다. 그제야 머리 뒤로
깍지를 끼고 공원에 드러누우며 속에서부터 내뱉는
다. '아 여유롭다-.'

그들은 짧은 휴식 시간 속 긴 대화를 통해 여유를
나눴고, 나는 잔디밭에 드러누워 그런 그들의 여유까
지 훔쳐다가 더욱 농도 짙은 여유를 만끽했다. 역설적
이게도 그들이 보내고 있는 순간에 집중하면서 나의
순간에 몰입하게 된 것이다. 내 주위에서 일어나고 있
는 순간들을 포착하는 일. 그렇게 내가 있는 자리에서
감명받는 순간들을 차곡차곡 쌓는다.

누군가에겐
영화처럼 보일
우리 일상

센강이 노을로 덮일 저녁 무렵. 어느 다리 위에 연인처럼 보이는 남녀가 걸터앉아 악보처럼 보이는 종이를 함께 넘겨보고 있었다. 남자는 음계를 흥얼거리는 듯했고 여자는 몸을 기울여가며 경청했다. 그 둘 사이로 비집고 들어오는 노을 한 줌. 마치 영화의 한 장면처럼 보였다. 그 아름다운 모습에 나를 포함해 지나가는 많은 사람들이 (아마 대다수는 관광객이었을 거지만) 그들의 뒤에서 카메라를 들었다. 자연스러운 일이었다.

실상은 모르는 일이다. 그들은 마감일이 닥친 대학 과제에 대해 얘기를 나누고 있었을 수도, 숨결조차 닿기 싫은 남매였을 수도, 처음 보는 사이였을 수도, 아무튼 그다지 로맨틱한 상황이 아니었을 수 있다.

쌍둥이와 나도 파리의 어느 공원 아무 데나 앉아 대낮부터 맥주를 들고 별 시답잖은 얘기를 하고 있었다. "이 맥주… 더럽게 비싼 주제에 맛도 없네."

아마도 또 술 얘기, 또 남자 얘기 그런 시답잖은 얘기나 하고 있었을 건데 사람들이 계속 뒤에서 사진을 찍어갔다. 아마 우리가 함께 앉아 있는 모습이 남들에겐 내가 본 저들의 모습처럼 영화 같아 보였기 때문이겠지? 매 순간을 즐겨야 할 이유가 또 생겼다.

청춘을 지나는 우리, 그래서 고통을 지나고 있는 우리. 처음 살아보는 미숙한 생 앞에 명확한 것이 아무것도 없어 막막하기만 하다. 그 순간조차 반짝반짝 빛나고 있음을 깨닫기란 정말이지 쉽지 않다. 하지만 그 모든 것을 지나고 있는 순간에도 단 한 가지만은 명확하다. 어떤 고민과 아픔을 가지고 있든, 그래서 자신이 볼품없게 느껴지더라도 당신은 여전히 그 자리에서 반짝이고 있다는 사실이다. 모두가 성장하고 있는 각자의 청춘 드라마 속 주인공들이다.

진흙탕에 발이 빠진 것처럼 한 걸음 내딛는 것도 버겁게 느껴지더라도, 몸과 마음이 만신창이일지라도 치열하게 고민하는 당신은 여전히 아름답다. 살아 있기 때문에. 살아 있기 위해 발버둥치는 당신은 언제나 반짝인다. 당신도 내 눈엔 그저 아름다운 장면 속의 주인공이다.

아름다운 곳에 와서야
행복해지길 바랄 게 아니었다

　파리 생활에 익숙해져 있던 어느 날, 여느 때와 다름없이 밖으로 나가 센강 변을 따라 걸었다. 해가 뉘엿하게 지고 있는 시간. 여름 센강은 당연히 아름다우니까. 해도 막 노을을 그리며 지고 있는 시간이었으니까. 그 예쁜 시간을 배경으로 두고 강변에 걸터앉아 와인과 맥주를 마시는 사람들을 보며 혼자 심심하고 무감각하게 걷고 있었다.

　그때 어디선가 바이올린 선율이 들려오기 시작했

다. 나는 클래식을 잘 몰라 들어도 감동받을 줄 모르는 사람이었는데 그날은 달랐다. 멀리서 바이올린 현이 마구 긁히는 소리가 들려오는데 갑자기 그 순간, 흐리게만 보였던 센강의 노을빛이 도화지 위로 물감이 번져나가듯 파리 시내 전체로 퍼져 나갔다. 그건 내 마음속까지 깊게 배어 들어와서 내 감각의 스위치를 진한 노을색으로 물들이며 탁, 켜버렸다.

파리의 전경과 센강의 북적이는 사람들, 여름날 선선하게 불어오는 바람과 그를 타고 들려오는 바이올린 선율까지. 모든 것이 단 일순간에 완벽해졌다. 나는 갑자기 너무 좋아서, 술에 잔뜩 취한 사람처럼 고양되어 오른손을 강이 있는 쪽으로 쭉 뻗었다. 그냥 쭉. 혹시나 바람이라도 만지면 바이올린 선율을 만지는 시늉이라도 낼 수 있을까 해서. 그러면 온몸으로 더 느낄 수 있지 않을까 해서.

결코 손에 쥘 수 없는 바람과 그 춤추는 듯한 선율

을 잠시라도 움켜쥐고 싶어 그렇게 손을 내밀고 춤을 췄다. 세상에서 제일 부끄러운 일이 취하지 않고서 남들 앞에서 춤을 추는 일이라고 생각했는데 그날은 그냥 스스럼도 없이, 쑥스러움도 없이 강변의 가장자리에서 강을 향해 팔을 내어 바람과 선율의 파도를 타고 흐느적거렸다.

손가락 사이로 파고드는 바람을 그대로 느끼며 으흠- 흐흠- 아-. 아주 멀리서 그렇지만 선명하게 흘러오는 바이올린 소리와 여름 저녁의 선선한 바람을 탔다. 정말 완벽하게 심취해버렸다. 생에 처음으로 느껴보는 완전한 감상이었다. 촉각과 후각과 청각이 완전히 곤두세워지며, 모든 것을 느끼려는 그 순간 나는 살아있음을 비로소 느꼈다. 바로 그 자리에서. 온전하게 느끼며.

그때 나는 처음 감상을 했다. 이게 감상이구나. 느끼는 것이구나. 이 순간을. 이 예술을. 이 삶을. 이 예술 같은 삶을. 느끼며 걷는 것, 빠져들어 걷는 것. 느끼며 사는 것. 이 예술을 감상하는 것.

이것이 아니면 나는 차라리 죽어있는 것에 가까웠다. 아. 내가 파리에 있어서, 아름다운 곳에 있어서 행복했던 것이 아니었다. 사실 파리에 두 달쯤 있으니 익숙했고, 단조롭고, 외로웠다. 그냥 늘 걸었으니까, 파리에 있는 시간이 아까우니까, 걷는 것이 유일하게 할 일이었으니까. 뭐라도 해야 했으니까 의무적으로 센강에 나가 걸었다. 여행이 일상이 되었던 날이었다.

아름다워 눈이 멀 것 같은 곳이라도 일상이 되어가면 감흥이 떨어진다. 원래 그런 법이다. 그런데 멀리 어디선가 그저 희미만 바이올린 소리 하나 더해졌을 뿐인데 모든 것이 달라지고 나를 완전히 만취시켰다. 작고 사소한 것 하나에 익숙하고 당연한 것들을 완전히 새롭게 감상할 수 있게 된 것이다. 희미하고 둔했던 것들이 온몸을 찌르듯 날카로워졌다. 모든 장면이

강렬하게 날아 들어온다. 그렇구나, 나는 많은 것을
놓치고 있었구나.

아름다운 곳에 와서야 행복해지길 바랄 게 아니었
다. 더 많이 감상해야겠다. 내가 있는 곳에서 일상을,
삶을, 모든 것을. 그럼으로써 행복해야겠다. 이것이
바로 감상이구나. 감명받는 일이구나. 아름다운 곳이
따로 있는 게 아니라 내가 있는 자리에서, 모든 찰나
의 모든 순간이, 모든 삶이 아름답고 눈이 멀 것 같은
것이구나. 정말로 눈부신 것이구나.

곧 나는 한국으로 귀국했다. 집으로 돌아와 여독과
짐을 풀던 이튿날, 날이 화창하길래 밖으로 잠시 산책
을 나갔다. 원래라면 긴 여행을 마치고 한국으로 돌아
오는 길이 아쉬웠을 것이다. 아니 절망적이었을 것이
다. 이제 꿈에서 깨어나 현실로 돌아갈 시간이구나.
나를 치유했던 곳에서 지긋지긋한 곳으로 다시 돌아
가는구나. 지독한 현실로. 그러나 이번엔 달랐다.

바로 뛰쳐나가 감상을 했다. 집 앞이었는데, 정말 아무것도 특별할 게 없는 익숙한 내 집 앞이었는데 나 가자마자 정말 좋았다. 그냥 좋았다. 햇볕이 막 나에 게 쏟아져 내리는 기분이었다. 따뜻했다. 아, 햇살이 나를 비추고 있어. 온전하다. 행복하다. 나는 행복할 수 있어. 나는 느낄 수 있어.

그런 느낌. 나는 그때 감상을 했고, 감상을 배웠다.

아름다운 곳에 와서야

행복해지길 바랄 게 아니었다.

더 많이 감상해야겠다.

내가 있는 곳에서 일상을, 삶을, 모든 것을.

그럼으로써 행복해야겠다.

행복은
능동적인 것이라

행복하려 노력한 적 있던가?

좋아하는 것을 먹고 마시고 보면서 억지로라도 행복하다는 말을 내뱉으려 한 적이.

눈 뜨자마자 '오늘은 행복할 거야.' 다짐했더니 그날은 흐리면 흐린 대로 비가 오면 비가 오는 대로 좋았다.

모든 날씨에 흥이 겨웠다.

행복해지려고 분투를 했더니 놀라울 정도로 행복해졌다.

행복하다고 믿는 것 말고는 아무것도 달라진 게 없는데, 내게 일어난 모든 일들이 다 나를 행복하게 만들려는 에너지라도 되는 것처럼 느껴졌다.

꽉 채워 충전되는 기분. 마법 같은 일이다.

행복은 능동적인 것이라 아주 작은 것이라도 발 벗고 찾아 나서야 하나 보다.

주차장에 놓인 인형,

집 앞에서 발견한 허름한 책방,

마트에서 우연히 읽은 글귀,

아빠가 사다 둔 맥주.

전부를 흡수하려는 마음으로 보고 느끼고 감상한다.

별것도 아닌 귀엽고 하찮은 것들이 다 나를 행복하게 만든다.

나는 오직
하찮은 것들로부터
감명을 받았다

나는 오직 하찮은 것들로부터 감명을 받았다. 예를 들면 아무렇게나 철푸덕 앉아버린 어느 공원의 나무 밑 흙바닥, 내 가랑이 사이에 핀 작은 민들레를 발견했을 때이다.

'엇, 여기에 꽃이 나 있네? 너 왜 여기 있어.'

하마터면 내가 이 작은 꽃을 깔아뭉갤 뻔했지 않은가. 나는 그 만남이 다행스럽고 반가워 캠코더를 꺼내 들어 찍었다. 가랑이 사이로 고개를 파묻고 있는 우스꽝스러운 내 모습을 보고 친구는 묻는다.

"너 지금 뭐 해?"
"민들레를 찍어. 이거 봐, 여기 민들레가 있어."

나는 백화점에 전시되어 있는 명품 같은 것들을 갈망한 적이 없다. 그런 것들은 일단 갈망만 한다면 얼마든지 돈을 내고 구할 수 있는 것들이었다. 내 시간과 노력이 환산된 화폐라는 가치를 지불하고서.

그러나 민들레를 만나는 그 순간은 내가 아무리 갈망한들 얻을 수 없다. 그런 건 어느 날 우연히 발견되기를 기다릴 수밖에 없고, 하찮은 것들을 사랑하는 시선이 없는 한 영원히 발견되지 않을 것이다.

이미
다 가진 사람

삶은 감상 없이는 아무것도 아니다.

자유도, 사랑도, 우정도, 일상에서 발견할 수 있는 소소한 감정들도 모두 감상에서 나온다. 사전에서 의미하는 대로 생활에서 충분한 만족감과 기쁨을 느끼는 것이 행복이라면, 행복 역시 감상에서 나온다. 느낄 수 없다면, 아무것도 느낄 수 없다. 느낄 수만 있다면, 나는 이미 다 가진 사람이다.

울면서
태어난 우리

내가 나의 불행에 대해 쓰는 이유는 그것이 우리 모두의 이야기이기 때문이다.

고통과 불행 없이 사는 사람은 없다. 우리는 태어남과 함께 필연적으로 고통을 온몸 잔뜩 들이마시고 태어난다. 10개월간 안락한 엄마의 심장 밑에서 자라던 아기는 세상 밖으로 나오며 처음으로 폐를 통해 들어오는 공기를 느낀다.

몸의 안과 밖으로 가득 퍼지는 새로운 세상의 낯선 공기와 눈이 부실 듯한 밝은 빛, 전부에 가까웠던 엄마의 심장박동에서 멀어져 귀에 날카롭게 꽂히는 온갖 시끄러운 소음들까지. 갑자기 세상 밖에 내던져진 새로운 공포와 충격은 고통에 가까웠을 것이다. 우리는 모두 울면서 태어난다.

울면서 태어난 우리. 그때부터 우리는 여전히 알 수 없는 이 미지의 세계에서 낯섦과 방황, 충격과 공포를 수도 없이 마주한다. 어쩌면 매일 우리는 당혹스럽다.

젖을 떼고서 처음 맛보는 음식들이, 엄마의 품을 떠나 혼자 가게 된 유치원, 학교, 직장으로의 첫 발걸음이, 처음으로 혼자 떠난 여행에서, 사랑보다 통증에 가까웠던 첫사랑이, 어젯밤 눈이 마주친 남자의 오묘한 눈빛에서 읽어낸 메시지들이, 갑자기 불어온 바람에서 느껴진 그리운 냄새가, 심지어는 매일 오고 가는 길에서 발견한 꽃 한 송이가 또는 그곳에서 벌어진 의

외의 사건이.

우리에겐 매일 낯섦이 부과된다. 이 낯선 감정의 정체가 무엇인지 도무지 설명할 수도 없고 찾아볼래야 찾아볼 수도, 어디에서 생겨나 어디로 온 것인지 알아낼 수조차 없다. 기껏해야 누군가 적어 내린 글에서 작은 공감을 얻어낼 수 있는 게 할 수 있는 모든 것이다.

하지만 아기가 태어나 우는 것은 처음으로 폐를 통해 호흡하며 이 세상에 순식간에 적응했다는 건강한 신호, 아기가 이뤄낸 위대한 첫 번째 성장이다.

그처럼 우리는 낯선 세상이 두려워 계속해서 몸부림치고 엉엉 울어버릴 테지만, 그것 또한 우리가 여전히 잘 적응하고 있고 위대한 성장을 계속해 나가고 있다는 건강한 신호.

그리하여 우리는 살아있는 한 영원히 고통받고, 불안할 것이다. 인간이기 때문에. 처음 살아보는 생이기에. 그러나 인생이 늘 언제나 낯설고 새로운 것이라는 점이 우리로 하여금 인생을 감명하고, 경험하고, 향유하고, 감동받을 수 있게 해준다.

불행이든 행복이든
하나의 이야기에 불과하기 때문에

　나의 불행은 그것을 써 내려감으로 비로소 하나의
이야기가 되고, 그것은 내가 불행을 이겨낼 수 있는
좋은 해결책이 된다. 불행이든 행복이든 하나의 이야
기에 불과하기 때문이다. 그러나 누구도 아닌 오직 나
만이 써 내려갈 수 있는 이야기. 하지만 우리 모두가
한 번쯤 겪어봤을 만한 고통과 불행. 그래서 공감이
가는 너와 나의 이야기.

도착

행복을
발견하는 사람

Part 3

사랑

사랑은
늘 하고
있습니다

상처와 슬픔,
그리고 꿈에 대해
이야기하는 사람

"네가 정말 예뻐서 말을 걸지 않을 수 없었어. 같이 춤추지 않을래?"

금빛이 살짝 감도는 밝은 고동색 머리에 푸른 눈, 유럽에서 온 K는 근육이 잘 잡힌 다부진 몸에 자신감 넘치는 표정, 하지만 이따금 매우 천진한 웃음을 띄울 줄도 아는 매력적인 남자였다. 시원하게 짧은 머리 덕에 한쪽에만 반짝이던 귀걸이도 눈에 띄었다. 등 뒤엔 천둥이 내리치고 있었다. 꽤 섹시한 타투였다. 그는 내가 웃는 거, 담배 피우는 거, 혼자 춤추며 카메라로 사진을 찍고 있는 것을 보고 한 번만 더 눈이 마주치면 고민 없이 바로 말을 걸어야겠다고 생각했단다. 그리고 그 일이 일어났을 때 정말로 그는 망설이지 않았다.

사실 나도 K에게 눈길이 몇 번 갔었다. 저 친구 좀 핫한데. 쌍둥이와 눈을 흘기며 이야기를 나눌 만큼 그날 바에 있던 사람 중 가장 눈에 띄는 분위기를 가진 사람이었고, 그만큼 정말 밝았다. 하지만 우연이라도 눈길이 마주친 적은 없었는데, 갑자기 그가 내 어깨를 툭툭 치고 지나갔다. 우린 반갑게 인사했다. 하지만 그게 다였다. 같이 온 쌍둥이와 시간을 보내다 보니 어느 순간 그는 사라지고 없었다. 집에 갔나 보다. 아쉬움을 뒤로 하고 집에 가려 자리를 옮기려는데, 그순간 K가 어디선가 불쑥 나타나 내 손목을 부드럽게 잡았다.

K가 말을 걸어 온 다음 날, 우리는 선셋이 지는 어느 바에서 만나 이야기를 나누었다.

"너는 책을 엄청 좋아하는 거 같은데, 책이 왜 좋아?"

나는 SNS에 책을 읽는 모습과 읽은 책에 관해 자주 올렸고, 'Reading books club'이라는 독서 아카이빙 계정을 운영하고 있었다. 사전조사를 미리 마치고 온 듯한 K는 그것들에 특히 관심이 많았다.

"나는 책이 내 인생을 살렸다고 생각하거든. 우울에서 도무지 헤어 나오지 못하고 있을 때 동아줄이 되어 준 것이 바로 책이야. 그 힘든 시기를 철학을 공부하면서 극복할 수 있었어. 그때부터 책 읽는 일이 좋아졌어."

나는 짧게 뜸을 들인 후, 쉴 틈도 없이 이어 말한다.

"그런데 내가 책 읽는 모습을 SNS에 올리는 것은 완전히 다른 얘기야. 그건 내게 어떤 의무 같은 거거든. 사람들이 나처럼 책을 많이 읽었으면 좋겠다는 생각을 했어. 특히 어린 친구들이 말이야. 갈피를 잡기 힘든 20대 초반엔 책이 어떤 이정표 같은 것이 되기도 하거든. 속으로부터, 내면으로부터 단단해지는 데 꼭 필요하다고 생각해.

궁극적으로는 스스로 행복을 찾는 방법을 책에서 많이 배울 수 있어. 나는 운 좋게 SNS에 많은 팔로워들을 모을 수 있었어. 대부분은 나와 나이가 비슷하거나 어린 학생들이야. 그들이 내가 책을 읽는 모습을 따라 하며 많은 것을 얻었고, 올리는 글귀들에 감동을 받아 고맙다고들 말해주었어. 그래서 이제는 의무적으로라도 책 읽는 모습을 많이 올리려고 노력해. 나는 그들이 스스로 행복하길 바라거든."

"독서모임도 하는 거 같던데, 독서모임에선 어떤

이야기를 해?"

"보통 독서모임을 하면 한 가지 책을 읽고 모여. 근데 나는 사람들이 책을 읽어야 하는 것에 부담을 느끼는 게 싫어. 그래서 무슨 책을 읽든 그 책에 대해 부담 없이 이야기를 나누는 자리를 만들고 싶었어. 그래서 이 모임에선 각자 읽은 책을 가지고 와.

꼭 끝까지 다 읽을 필요도 없어. 한 줄이라도 마음에 들었던 문장이 있으면 그것에 대해 자유롭게 이야기를 해. 책을 안 좋아하는 사람도 한 번이라도 책에 대해 이야기를 나누어 보면 책 읽는 일이 더 좋아질 수도 있지 않을까 해서 만든 모임이야. 이건 돈 때문에 하는 일은 아니야. 내가 정말 좋아서 하는 일이야."

여기까지. 처음 만난 K 앞에서 속사포로 말을 쏟아내고는 생각했다. 아, 또 책 이야기에 흥분해버렸군.

다행히도 K는 마치 전도를 받는 신자처럼 내 이야기에 빠져들더니 이야기가 끝남과 동시에 책을 다시 열심히 읽어봐야겠다고 스스로 다짐했다. 실제로 그는 자신의 나라로 돌아가서 책 읽는 사진을 보내왔으니 나의 전도는 성공인 셈이다.

K도 보드카 칵테일을 홀짝이며 자신의 이야기를 시작한다.

나보다 2살이 어린 그는 컴퓨터공학을 전공했고, 벌써 최신 AI툴들을 자유자재로 다뤄 자신만의 사업을 운영하고 있었다. 학창 시절을 중국과 미국에서 보냈고, 성인이 되고선 하와이 섬에서 2년간 지냈다. 최근엔 태국에서 잠시 지내다 지루해지던 차에 발리에 잠시 들렀다고 한다. USB 제품을 직접 제작 생산해 판매 중이었고, 본인의 이름을 딴 향수 브랜드를 가지고 있었다.

이 모든 경험을 하기에 K는 끽해야 26세였다. 단 몇 줄로 축약해 내어서 그렇지, K 역시 책 이야기에 흥분했던 나 못지않게 신나서 말하는 바람에 그의 말을 놓치지 않으려 부단히 애써야만 했다. 일단 그의 이야기는 한 번 놓치면 순식간에 배경이 중국에서 미국으로 넘어가 있는 수준이었기 때문이다.

"어떻게 그 어린 나이에 이렇게 많은 경험을 할 수 있었어?"

"나는 그렇게 큰 고민을 안 해. 그냥 일단 해보는 거지 뭐! 안 해보면 모르잖아? 난 아직도 해보고 싶은 것이 너무 많아"

그의 눈이 순간 반짝이며 고양되었다. 앞으로 해보고 싶은 일은 모두 다 해볼 거라는 듯이.

"오 맞아! Never try, never know! 해보지 않으면

모르는 거지."

내가 좋아하는 말의 등장에 나 역시 눈을 번뜩이며
K에게 소리쳤다.

"You really have a beautiful soul."

아름다운 영혼.

나는 영혼이 아름답다는 말을 좋아한다. 좋아하는
만큼 가장 많이 건네고 싶은 칭찬. 나는 너의 영혼이
좋아. 너는 정말 아름다운 영혼을 가졌어.

내가 말하는 아름다운 영혼들은 상처와 슬픔, 그리
고 꿈에 대해 이야기하는 사람들이다.

상처와 슬픔을 가진 사람. 그들은 깊은 눈을 가진
사람이다. 결핍, 외로움, 아픔을 지닌 채 한없이 슬프고 외로운 영혼. 하지만 그들은 *여전히, 그럼에도 불구하고, 그러므로* 사랑을 갈구한다. 이 작고 소중하고 가엽기까지 한 영혼들에게 못났다는 표현은 도무지 어울리지 않는다. 마음이라는 자신만의 방에 앉아 아무도 함부로 들이지는 못하지만, 언젠가 누군가는 깊숙이 들어와 주길 바라는 영혼들은 안아주고 싶을 만큼 아름답고도 어여쁘다.

그리고 꿈을 가진 사람. 그들은 반짝이는 눈을 가진 사람이다. 열정, 뜨거움, 채워짐이란 단어가 어울리는 사람. 채워진 사람의 뜨겁게 반짝이는 눈. 꿈에 대해 이야기할 때 그들의 눈은 모든 희망이 자신에게 달려 있다는 듯 반짝인다. 그런 눈은 동경스러울 만치 아름답다. 이토록 젊고 활기찬 영혼. 어찌 멋있다 칭송하지 않을 수 있을까. 그들은 꿈과 희망을 자신의 모든 발자국에 내건다. 그러면 나는 그들의 영혼 옆에 나란히 걸어보고 싶어진다.

상처와 슬픔, 그리고 꿈에 대해 *이야기*한다는 것은 사람들에게 자신의 것을 건네는 일. 깊은 눈으로 자신의 슬픔을, 반짝이는 눈으로 자신의 꿈을 내게 건넨다. 그것은 간직하는 것과는 차원이 다른 일이다. 이야기는 늘 나아가기 때문이다. 상처를, 슬픔을, 꿈을 이야기하고 있는 그들은 나아가고 있다. 머무르지 않고.

고요하고 슬픈 눈, 반짝이는 눈.

그들은 모두 나아간다.

고요하고 슬픈 아픔, 반짝이는 꿈.

그것들은 모두 나아간다.

그러므로 그들이 내게 그것을 이야기할 때

나는 그들의 영혼을 본다.

"너 정말 아름다운 영혼을 가졌구나!"

나비는
어디로 갔는가?

이튿날, K와 나는 어느 레스토랑의 바 테이블에서 다시 만났다. 몽환적인 분위기의 레스토랑은 숲이 우거진 느낌에 조명이 낮게 깔려 요정이나 도깨비 둘 중 하나는 나올 것 같은 느낌이었다. 시간이 자정을 향해 갈 쯤엔 그 넓은 곳이 시끄러운 노랫소리로 점점 채워져 갔고, 사람들은 술을 한 잔씩 손에 들고 대화를 나누는 대신 춤을 추기 시작했다.

하지만 그건 우리에겐 전혀 상관없는 일이었다. 우

리는 정원 깊은 곳에 비밀 회담을 오기라도 한 듯 사
람들을 피해 가장 구석진 바 테이블 모퉁이에 앉아 귀
를 맞대어 가며 각자에 대한 이야기를 주거니 받거니
했다. K가 이번엔 내게 가장 최근에 하고 있는 일이
무엇이냐 물었다. 나는 글을 쓰고 있다고 했다.

"무슨 글을 쓰고 있는데?"

"감명받는 일에 대해 쓰고 있어."

"감명? 무슨 이야기인지 설명해줘. 궁금하다."

"예를 들면 이런 거지. 우리 모두에게 햇빛, 바람과
같은 것들은 분명히 공평하게 주어졌단 말이지. 그것
도 매일 말이야. 하지만 그것을 소중히 생각하는 사람
들은 매우 드물어. 감명받기는 더욱 힘들지. 너무 당
연하고 일상적인 것들이니까. 그런데 그런 사소한 것
들에 감명받지 못하면 일생 동안 아무것에도 감명받

지 못한 채로 흘러갈 거야. 그래서 나는 많은 것에 감명받고 싶어. 매일 매일 감명받을 일이 참 많거든. 그럼 일상은 그 자체로 정말 풍요로워져. 아니 어쩌면 삶이. 나는 그런 것들에 대해 쓰고 있어."

"정말 신기하다. 나도 예전에 글을 써본 적이 있어. (역시 해보고 싶은 건 다 하고 본다는 K다운 말이었다.) 그런데 굉장히 비슷한 메시지야. 제목은 '나비는 어디로 갔는가?'야."

"나비는 어디로 갔는가?"

"그래, 어린아이일 때는 나비를 보면 '나비다!' 하면서 쫓아가 꽃 위에 앉은 나비를 구경하잖아. 예쁘고 신기하니까. 근데 어른이 된 지금은 나비를 봐도 별로 놀라지도 않지. 나비가 어디에 있는지도 모를 거야. 내 눈에 보이지 않은 지도 오래되었어. 보려고 하지 않으니까 안 보이는 거야. 나비는 분명 도처에 있을 텐데."

"감명받지 않는 거지."

"바로 그거야. 아무튼 정말 좋은 글이다. 나중에 책
이 나오면 꼭 보내줘."

발리에서 만난 K와는 총 3번의 선셋과 밤샌 대화를
나누었다. 며칠 지나지 않아 나는 한국으로, K 역시
자신의 나라인 유럽으로 돌아갔다. 다음에 다시 만나
게 되면 나는 나의 책을, 그는 그의 향수를 서로에게
선물해 주자고 약속하면서.

지는 선셋만큼이나 짧지만 여운이 깊었던 둘의 관
계는 각자의 나라에 돌아가서도 계속되었다. 자신이
있어야 할 자리에서 바쁜 일정을 소화해내면서도 매
일 서로 안부를 묻고 일상을 공유하며 그와 나는 약속
했다. 다가올 여름, 유럽 어디선가 꼭 다시 만나자고.

사라진 나비를 찾으려 애쓰던 둘은 8,800km라는 거리와 7시간의 시차라는 거대한 수치 사이에서도 희망과 사랑을 찾으려 애썼다. 나비는 바로 우리 마음속에 있다고 믿으면서.

결국 누구를
사랑하겠는가

살면서 두 남자 사이에서 진지하게 고민해야 할 일
은 그다지 많지 않을 것이다.

K를 만난 뒤로 벌써 두 번의 계절이 흘렀다. 그동안
나는 그를 보러 가기 위해 한국에서 착실히 계획을 세
우며 준비하고 있었고, K도 새로 정착한 스위스에서
나와 함께 지내기 위한 보금자리를 마련하고 있었다.
여름의 스위스는 정말 예쁠 거라고, 이 모든 걸 같이
누리자고, 이제 정말 볼 날이 얼마 남지 않았다고. 그렇게 생각했다.

　그러던 어느 봄날, 신이 나타났다.

　한국은 클라이밍이 한창 대세였다. 알고 지내던 친한 언니가 내게 클라이밍을 해보지 않겠냐고 불렀는데, 벽에 붙은 첫날부터 나는 물 만난 물고기, 아니 나무를 만난 원숭이처럼 날라다니며 클라이밍에 큰 재능을 보였다. 첫날부터 실력이 금세 비슷해진 언니는 더 이상 자신이 가르칠 수 있는 것이 없다며 클라이밍을 천재적으로 잘하는 한 지인을 긴급 소환했다. 그게 신이었다.

　4살 연상의 신. 짙은 흑발과 비교되는 창백한 피부, 그리고 그보다 더 차갑고 매서운 눈빛을 가진 그는 암장에 오자마자 한 손에 달달한 커피를 들고 벽만 한참을 노려보았다. 초심자인 내가 보기에 진지한 표정으로 벽만 하염없이 바라보고 있는 모습은 정말이지 변태 같았다. 대치동에서 수학 강사를 하고 있다고 자신을 소개한 그는, 역시 변태가 맞았다. 수학 변태. 명석한 두뇌와 쌀쌀맞은 표정의 그는 웹소설에서나 나오는 남자 주인공 같은 신선한 분위기를 풍겼다.

어떤 문제를 풀게 할지 한참을 탐색한 그는 우리를 불러다 벽을 타게 했다. (클라이밍의 한 종류인 볼더링에서는 타고 올라가야 할 루트를 보통 '문제'라고 부른다.) 태어나 처음 해보는 클라이밍이었음에도 그의 코칭은 무뚝뚝하고 냉정해 조금만 헛발을 디뎌도 '그렇게 하면 어림도 없지!' 하며 가차 없이 핀잔을 주었다.

그러나 그는 가혹한 코칭 못지않게 각자가 가진 장점과 재능을 냉철한 분석력으로 아주 자세히 설명해주어 모두의 클라이밍 실력과 자신감을 단 하루 만에 흠씬 높여주었다. 아무튼 그는 초면임에도, 갑작스레 불려왔음에도, 코치 역할을 아주 든든히 소화해준 셈이다. (나중에 알게 된 사실로는 언니에게서 예쁜 사람이 있단 소식을 듣곤 학원 수업이 끝나자마자 가르쳐주러 달려왔단다. 남자들이란.) 합이 잘 맞았던 우리는 크루를 결성해 주 1회씩 만나 운동을 배우기 시작했는데, 신은 그 후 무려 3개월 동안을 아무 대가도 없이 매주 우리의 코치 역할을 해주었다.

신은 또한 3개월 동안 아무런 대가도 없이 나를 좋아해 주었다.

그는 남에게 관심도 없고 인정도 없고 표현도 없는 메마른 사람에 가까웠다. 아무튼 뭐가 많다기보다는 주로 결핍한 쪽이었다. 첫인상도 시비를 부르는 차가운 인상인 탓에 항상 오해를 풀기 위해 애써야만 했었다고 했다. 하지만 사람을 워낙 좋아하는 나는 처음부터 신을 어렵게 대하지 않았다. 나만은 첫 만남부터 열심히 코칭을 해주는 그의 모습에서 진한 책임감과 다정함을 보았다. 나쁜 사람은 분명 아니었다.

그는 늘 밝음을 유지하는 내 모습을 보곤 '해맑은 우아함'이라고 표현했다.

"나는 너의 눈매와 입가를 좋아해. 해맑은 우아함이 느껴지거든. 아무것도 모르는 데서 오는 단순한 해맑음이 아니라, 많은 경험과 상처가 있음에도 해맑음을 유지할 수 있는 데서 오는 우아함이야. 그 특유의 온화함으로 나까지 따뜻해지는 느낌을 받아."

일평생을 냉담한 사람으로 지냈던 신은 그런 나와 이야기를 나눌 때면 온화함을 느낀다면서 그저 내 곁에 머물 수 있기를 바랐다. 그게 그의 어떤 결핍을 채워주는 모양이었다. 그는 나를 좋아한다는 말을 입에 자주 올리지는 않았지만, 굳이 말을 하지 않아도 그의 눈빛을 보면 나를 좋아하고 있다는 사실을 바로 알 수 있었다.

그의 시선은 항상 나를 떠나지 않았고, 내가 필요할

때든 필요하지 않을 때든 항상 나를 주시했다. 그의 시선이 내게 머무를 때면 주로 악을 몰고 다닐 것 같은 그의 매서운 눈은 한층 선해져 있었다. 주변 사람들은 '연경이를 볼 때만 멜로 눈빛이 된다'며 내 얼굴을 볼 때면 장르가 휙휙 바뀌는 그의 눈빛을 보고 놀리곤 했다. 그렇게 그는 더 자주, 그리고 나중엔 언제나 내 옆에 있었다.

그에 비해 나는 K와의 약속이 있기에 줄 수 있는 것이 없었다. 고작 3번 만난 것이 다인 K를 저버리지 못한 것은 약속은 반드시 지켜야 한다는 나의 고집과도 같은 신념, 혹시라도 그가 운명의 단짝이지 않을까 하는 한 여자의 낭만, 여행지가 주는 로맨스, 반년이라는 시간이 주는 의리 같은 것들 때문이었다. 아무튼 내가 이런 신념을 지키려 애쓰는 동안 신은 닫아 놓은 마음의 문을 부수고 무지막지하게 쳐들어와 자리를 잡고 앉았다. 신은 K의 존재를 알면서도 기다렸고, 몇 번의 위기를 제외하면 내가 그어 놓은 선을 넘지 않으려 노력했다.

그때쯤 되니 나는 두 남자 사이에서 크나큰 고민을 해야 했다. 여행지에서 만나 불꽃처럼 강렬한 추억을 남긴 K와 일상 속에 자연스럽게 스며들어 자리를 지키는 굵직한 소나무 같은 신. K가 내게 모험, 도전, 판타지, 불나방, 도박, 새로움, 여행이었다면 신은 내게 안정, 확신, 드라마, 치유, 고마움이었다.

더 이상 신이 나를 보는 눈빛을 무시할 수 없었다. K를 기다리는 나는 많은 시간 혼자여야 했고, 그건 나를 때때로 외롭게 했다. 그 빈자리를 늘 신이 채워주었다. 오래 기다린 K를 만나러 가고 싶은 마음과 동시에 신을 잃고 싶지 않았다.

K를 보러 다녀오는 동안 신이 자신의 말대로 나를 기다려줬으면 좋겠다는 말도 안 되는 생각도 잠시 했다. 이렇게나 이기적인 마음이라니. 이 이야기가 드라

마였다면 여자 주인공은 종방을 하고도 시청자들에게 내내 욕을 먹을 것이다. (실제로 고민을 털어놓는 내내 친구들에게 욕을 먹었다.) 아무튼 나 자신을 포함, 셋 모두에게 상처를 주지 않으려면 나는 선택해야만 했다. 하지만 나는 둘 모두에게 큰 열정을 품고 있었고, 심지어 각자 정반대되는 모습으로 매력적이었음으로 내 마음은 K와 신을 양쪽에 앉혀두고 끊임없이 시소타기를 했을 뿐이었다. 매번 욕하던 소설과 드라마 속 이리저리 흔들리는 답답한 여자 주인공의 마음이 이런 것이었을까.

K는 밝고 통통 튀는 골든리트리버 같은 연하의 남자. 그는 모험적이고 대담해서 중국에서 하와이로, 독일에서 스위스로, 삶의 터전과 직업을 바꾸는 데 두려움이 없었다. 나와 성향이 비슷한 그는 여행을 좋아하는 내게 스위스를 시작으로 함께 여행을 다니며 이곳저곳 살아보자 했다. 그와는 떠나고 싶었다. K와의 미래는 다채롭고 충동적인 것을 좋아하는 내가 바랐던

것이지만 선명하게 그려지지는 않았다.

신은 야생의 흑마 같은 연상의 남자. 하지만 오직 내 손에만 길들여진. '내게 이런 짓을 한 여자는 네가 처음이야'를 외치는 소설 속 설정이 실존한다는 것을 이 사람을 보고 처음 알았다. 그는 그런 캐릭터들이 으레 그러하듯 뚝심 있게 박아 놓은 말들과 마음이 쉽사리 변하지 않는 진중한 사람이었다. 그에겐 머물고 싶었다. 신과의 미래는 안정적이고 선명했지만 모험 의식이 강한 내가 그려본 적 없는 미래였다.

대체 누구를 선택해야 한단 말인가. 두 사람 모두 상황적으로도, 캐릭터적으로도 강렬한 사람들이었다. 누가 예고편이라도 줬으면 좋겠는데 결코 겪어 본 적 없고, 미리 겪어 볼 수도 없는 미래인 탓에 두 사람 중 누구를 선택해야 내가 원하는 행복과 안녕을 가져다 줄지 도무지 알 길이 없었다. 오히려 모험적인 K와의 만남이 안정적이게 될 수도, 안정적인 신과의 만남이 더욱 위태롭게 될 수도 있는 것이니 말이다.

두 사람을 두고 한 사람을 선택해야 한다는 사실 때문에 죄책감을 느끼면서도, 둘 중 하나는 반드시 잃어야 한다는 사실에 너무나 괴로웠다. 무엇보다 어떤 선택을 하든 후회하고 싶지 않았다. 충분히 고민을 한다고 했는데, 아무리 해도 충분하지 않았다. 차라리 도망가고 싶었다. 차라리 제3자를 좋아하겠어. 대체 두 사람 모두를 사랑할 수 있는 방법은 없는 것일까? 꼭 선택해야 하는 것일까? 하지만 나는 반드시 선택을 해야만 했다.

그런데, 돌이켜보니 인생이 늘 그랬다. 두 가지를 두고 한 가지를 선택해야만 한다.

여기를 갈 것인가, 저기를 갈 것인가.
떠날 것인가, 머무를 것인가.
계속할 것인가, 포기할 것인가.

끝낼 것인가, 시작할 것인가.

할 것인가, 말 것인가.

K와 신 사이에서의 고민도 그다지 다르지 않았다.

K냐, 신이냐.

여기를 갈 것인가, 저기를 갈 것인가.

떠날 것인가, 머무를 것인가.

계속할 것인가, 포기할 것인가.

끝낼 것인가, 시작할 것인가.

할 것인가, 말 것인가.

하지만 고민 끝에 다다라보니 결국 모든 건 한 가지
의 문제였다.

사랑할 것인가.

그를 계속해서? 다른 사람을? 나 자신을? 내 인생
을?

어떤 방법으로 사랑할 것인가.

여기에서? 저기에서? 떠남으로? 머무름으로? 새로운 곳에서? 낯섦으로? 안정으로?

이 모든 치열한 고민 끝에서 나는 깨달아야 할 것이었다. *결국 누구를 사랑하겠는가*의 고민의 답은 어떤 방식으로든 그 누구도 아닌 바로 나 자신을 사랑할 거라고. 그 모든 선택이 결국엔 나를 사랑하기 위한 선택이었다고 말이다.

그러니 설령 바보 같은 선택을 했더라도 후회할 필요가 없었다. 아니 후회조차 내 선택일 테니. 그래서 나는 선택을 했다. 그게 누가 되었든 그건 별로 중요하지 않았다. 결국 모든 건 '나를 사랑하기 위한 선택'이었기 때문에. 어쨌든 간 다 경험이 되겠지. 나중에 같은 상황이 온다면 두 번 다시는 똑같은 선택을 하지는 않겠지. 하지만 역시나 살면서 두 남자 사이에서 진지하게 고민해야 할 일은 그다지 많지 않을 것이다.

그래서 결국 누구를 선택했냐면 그건….

결국 누구를 사랑하겠는가의

고민의 답은 어떤 방식으로든

그 누구도 아닌 바로 나 자신을 사랑할 거라고.

그 모든 선택이 결국엔 나를 사랑하기 위한

선택이었다고 말이다.

위대한

횡단

아픔이 때때로 막을 새도 없이 밀려 들어오는 것처럼 행복도 그런 것이다. 나는 행복도 그렇게 막을 새도 없이 밀려 들어온다고 믿는다.

아픔이 그러는 걸 행복이 그러지 않을 리 없다. 모든 것은 내가 원하지 않는데도 바람과도 같이 불어온다.

내가 해야 할 일은 그저 유영하는 것.
밀려 들어오는 것이 아픔이라면 아픔을, 행복이라

면 행복을 타고 이렇게 저렇게 떠다니는 일.

유영하는 것들은 거스르지 않는다. 그저 흐른다.

바람을 잘 타면 돛을 올린다. 역풍을 만나면 부는 바람에 몸을 맡겨 방향을 바꾼다. 태풍이라도 만나면 돛을 내리고 큰 파도가 지나가기를 죽은 듯이 기다린다. 원하는 방향으로 나아갈 수 없대도 바람이 이끄는 방향으로 계속 흘러야 하는 것이다. 흘러간 곳에 다시 순풍이 불어올 것임으로.

바다 위에는 순풍도 불고 강풍도 분다. 날씨가 맑게 개는가 하면 순식간에 폭풍우가 몰아친다. 하여튼 별 악천후가 다 불어 닥친다. 그럼에도 배는 목적지로 계속해서 나아간다. 우린 그것을 항해라고 부른다.

그 모든 악조건을 다 헤치고서 항에 다다랐을 때 횡단에 성공했다고들 한다. 아무리 아름다운 섬에 도착했다고 한들 울릉도에서 독도로 가는 배편을 타고선 횡단에 성공했다곤 하지 않는다. 기상천외한 일들이 펼쳐지는 드넓고 끝없는 바다를 지난 뒤에야 위대한 횡단이라고 일컬어진다.

그러니 인생을 지나기가 오죽 쉬울까. 항해하기가 오죽할까. 우리는 그저 도착하는 게 아닌 횡단을 하기 위해 바람과 씨름을 한다. 목적지도 어딘지도 모른 채 삶이 다할 때까지. 그러다 결국 도착한 곳은 죽음인 곳으로. 아주 많은 날들을 지나, 기상천외한 기후와 수없이 놓인 별들과 구름, 그리고 햇빛을 지나, 방향을 계속 바꾸어가면서 아픔과 슬픔을, 기쁨과 행복을 유영하며. 위대한 횡단을 하고 있는 것이다.

가족들과
죽음을 이야기하는
시간이 많아졌다

일요일 아침, 외할아버지께서 고기를 먹으러 오라
며 아침부터 전화를 하셨다. 막내 손을 잡고 걸어서
10분 거리인 할아버지 집으로 가니 먼저 고기를 먹고
있던 친척 동생 둘, 삼촌과 외숙모까지 한 동네 사는
온 가족이 다 모여있었다.

"저만 오는 줄 알았는데, 동네 손주들 다 와 있었네
요?"

먹을거리를 분주히 준비하시던 할머니께서 "너희
할아버지가 지난주부터 손주들 고기를 사 먹이겠다면
서 벼르고 있었다"며 대신 생색을 내신다. 아침에 눈
뜨자마자 집 앞 정육점에서 가장 맛있는 부위로 5근
이나 사셨다면서 하루 종일 먹고 가라고.

이가 불편한 할아버지는 정작 많이 드시지도 않고
열심히 먹는 손주들을 조용히 지켜보셨다.

"손녀 손자들 모여 있는 걸 보는 게 너희 할아버지
최고 낙이야~!"

또다시 할아버지 대신 생색을 내는 할머니. 아마 할
머니께서도 그러실 거다. 그렇게 생색을 낸 두 분께선
아무 이유 없이 와서 라면만 먹고 가도 좋으니 내 집
이다 생각하고 자주 놀러오라는 말씀을 하신다. 나는
그 말이 자주 보고 싶다는 말인 것을 알면서도 모르는
척을 한다. 10분 거리에 살면서 얼마나 찾아뵙지 못했
으면 보고 싶은 손주들을 고기로 유혹을 할까 죄스러

운 마음 때문에. 괜히 더 열심히 고기를 주워 먹으며
대답한다.

"네, 그럴게요. 할머니."

저녁에 집으로 돌아오니 아빠가 거실에 앉아 막걸
리를 한 병 까고 있었다.

"막걸리에 어울리는 안주가 필요한데…"
"뭘로 해줄까?"

나는 그 말에 망설임도 없이 묻는다. 냉장고를 살펴
보니 때마침 막걸리와 제격인 두부김치 재료들이 보
인다. 요리 솜씨를 발휘해 후딱 안줏거리를 해드리고
방으로 들어가려는데,

"너는 어디가~"
"잠깐 폰 가지러 가려고…"

방에 가서 누워 있으려던 마음을 숨기고 급하게 변명을 댄다. 아빠가 필요한 안주는 두부김치가 다가 아니었다. 주말 저녁 거실에 앉아 안줏거리와 술을 한 병 따는 아빠는 가족들과의 시간이 필요한 거였다. 나는 그 시간을 두부김치로 때워 볼 생각을 했던 걸까. 번개처럼 맥주 한 캔을 가져다가 아빠 옆에 앉는다. 거실 상에 맛있는 먹거리와 술이 나오니 엄마도 이내 다른 안주를 내오고, 쌍둥이도 와 앉는다. 여느 때와 다름없이 온 가족이 다 모여 재잘재잘 수다가 시작된다. 주말은 항상 이런 식이다.

"아빠는 죽으면 어떻게 묻히고 싶어?"

술을 곁들인 대화는 늘 이런 식으로 튄다. 가족들과도 예외는 아니다.

"아빠는 죽으면 수목장하고 싶어. 나무를 심어줘."
아빠가 대답한다.

무슨 나무를 심어드릴까 하다가 장난기가 발동한 내가 가족들에게 의견을 낸다.

"아빠는 술을 좋아하니까… 우리 아빠 돌아가시면 헛개나무를 심어 드리자!"

와하하. 가족들은 좋은 생각이라며 유쾌하게 웃는다.

"엄마는?"

"엄마는 죽으면 한 곳에 있고 싶지 않아. 바다에 뿌려줘."

장난기가 꺼지지 않은 나는 엄마를 위한 의견도 한번 내본다.

"엄마는 여행을 좋아하니까 그럼 한 부분은 터키에… 한 부분은 발리에… 이렇게 나누어서 뿌려줄게.

전 세계에 엄마가 있는 거지."

"오, 그거 좋다. 아빠도 그렇게 해줘!" 아빠가 부러워하며 대답한다.

"아빠, 아빠는 살아서나 다녀." 쌍둥이가 비난조로 대답한다. 맞아. 아빠는 일중독이라 일밖에 모르고 살고 있으니까, 살아서나 다녀. 우리 가족 여행 안 간 지도 10년이 넘었잖아.

아빠는 앞으로 만약 (운이 좋아서) 30년을 더 산다고 치면 같이 벚꽃 내리는 것을 볼 날이 30번도 채 남지 않았을 거라고 했다. 치열하게 사는 동안에 가족들은 조금씩 나이 들어가고 있었다.

유쾌하게 대화를 나눴지만 100번을 말해도 가족들의 죽음이 익숙해질 리 없다. 결코 유쾌하지도 않은 주제다. 그러나 죽음에 대해서 이야기한다는 건 역설적이게도 어떻게 더 잘 살 수 있을까 이야기한다는 것. 우리 모두 언젠간 분명 죽게 되니까. 슬프지만 엄마도 아빠도 나도.

그러니 이건 그전까지 우리 가족에게 주어진 오늘을 어떻게 소중하게 쓸지에 대한 대화이다. 후회 없이 보내기 위한 대화, 그래서 어떻게 보면 남겨진 사람들을 위한 대화이기도. 그런 대화를 나누다 보니 어느새 쌓인 술이 맥주 5캔, 막걸리 2병, 위스키 1병…. 술을 한 방울도 안 하는 엄마는 오늘 가족들과의 대화를 메모하고 있던 내 노트에 한마디 적는다. '사랑하는 딸들아! 제발 좀 그만 마시고 꺼져줄래?'

취한 아빠는 나와 쌍둥이를 번갈아 끌어안는다. 아빠는 다 좋으니 엄마, 아빠보다 먼저 죽는 불효는 저지르지 말라고 당부한다. 그러니 나는 몸도 마음도 건강하고 즐겁게 살아있기 위해 최선을 다해야지. 그리고 바쁜 척하지 말고 할아버지 집에서 라면도 먹고, 주말엔 취한 아빠를 끌어안고 엄마 잔소리를 들어야지.

"살아있는 동안에 한잔하면서 즐겁게 지내면 되지~" 아빠가 웃으며 말한다.

그니까 그 '한잔하면서'는 꼭 들어가야 되는 거지?

큰엄마 이름을
몇 번이나 불러봤을까?

　새해 첫 식사는 엄마표 목살과 된장찌개. 아침부터 부모님과 든든하게 부른 배를 두드리며 누워 영화를 한 편 뚝딱 끝냈다. 신년부터는 열심히 살아야지, 라는 클리셰에 반기라도 들려는 듯 거실 바닥에서 실컷 뒹굴뒹굴하다가 외할머니가 보고 싶어 전화를 드렸더니 마침 묵을 쒀놨다면서 먹고 가라 하신다. 묵은 살 안 쪄…! 할머니 음식은 보약이야…! 새해맞이 다이어트를 다짐한 스스로에게 갖은 변명을 대며 10분 거리인 할머니집으로 달려간다.

내가 올 줄 몰랐다면서 미리 쒀 둔 묵은 먹을 만한 크기로 잘라 따로 챙겨 주시고, 바로 먹을 신선한 묵을 새로 쒀주셨다. 할머니가 묵을 쑤는 동안 둘이 부엌에 서서 이런저런 수다를 떨었다. 마지막 날은 어떻게 보냈니?

12월 31일. 어제는 큰엄마, 큰아빠와 종로에서 식사를 하고, 친할머니와 고모를 모시고 영흥도에 다녀왔다 알려드렸다. 외할머니께 친가 이야기를 전해드리면서 큰엄마와 큰아빠가 명절이면 매번 가족들과 식사 자리를 잡고, 맛있는 걸 대접해주시고, 날이 좋을 때면 양평에 있는 빌라를 깨끗이 치워 온 가족을 초대해 항상 함께할 수 있게 챙겨주셔서 감사한 마음이 든다고 말씀드렸다.

특히 큰엄마께서는 나와는 피 한 방울 섞이지 않았는데, 가족으로 얽혔다는 이유로 내가 고등학교를 그만둔다고 했을 때도 나를 찾아와 앉혀놓고 학교를 계속 다닐 수 있게 설득하실 정도로 정말 살뜰히 챙겨주셨다.

외할머니는 나의 이야기를 듣더니 마음에 굉장히 깊게 남을 말을 해주셨다.

큰엄마에게 진심으로 감사해하고 표현을 잘 하라고.

큰엄마를 만나면 오랜만이라며 안아도 드리고 정말 반갑게 맞이하라고.

"큰엄마가 너희 말고 어딜 가서 큰엄마 소리를 들을 수 있겠니? 오직 너에게만 들을 수 있는 소리야. 너에게 하나뿐인 큰엄마다."

생각해보니 큰엄마도, 큰아빠도, 그리고 엄마도, 아빠도 오직 나에게서만 엄마, 아빠 소리를 들을 수 있다. 모든 이름 붙여진 관계들이 그랬다.

내가 어디를 가서 엄마, 아빠라는 이름을 부르고

어디를 가서 큰엄마, 큰아빠, 할머니, 할아버지를 부를 수 있겠는가. 나만 그렇게 부를 수 있는 거라면 엄마, 아빠, 큰엄마, 큰아빠, 할머니, 할아버지 그리고 내게 주어진 이름들을 더 많이 불러야겠다는 생각이 들었다.

오직 나만 부를 수 있는 거니까. 오직 나만 그렇게 불러드릴 수 있는 거니까. 이름 붙여진 모든 관계에 진심으로 감사하고 잘해야겠다.

할머니의 말을 하루 종일 곱씹어보았다. 내가 큰엄마를 몇 번이나 불러봤을까?

큰엄마! 감사해요.

큰엄마! 잘 지내셨어요?

큰엄마! 사랑해요.

어색한 걸 보니 그다지 많진 않은 것 같다.

정말, 더 잘해야겠다 나는.

시간이 지나야만
알게 되는 것들

　수유리에 내놓았던 방이 나갔다는 연락을 받았다. 내일은 급하게 이사를 한다.

　작업실이라는 좋은 핑계로 구했던 3평짜리 작은 방은, 사실은 왕복 2시간 거리에 사는 너에게 조금이라도 가까워지려고 함께 구했던 방이었다. 우리는 각자의 일이 끝나면 그 작은 방에서 만나 야식거리를 시켜 간단히 술을 먹기도 하고, 가끔은 손재주 좋은 네가 야식거리를 뚝딱 만들어주기도 했다. 할 일 없는 주말이면 둘이 나란히 누워 나는 책을 읽고, 너는 옆에서 핸드폰을 만지작거렸다. 너는 내가 그 방에 있는 날이면, 대체 집에 가는 법을 잊어버린 것 같다면서 내게로 왔다.

그렇게 사계절 내내 작은 방에서 같이 살다시피 붙어 있었고, 비좁다거나 부족하다고 느낀 적 없이 늘 넘치게 지냈다. 주로 집에서 일하는 나는 언젠가부터 내 집보다는 그 작은 방에서 시간을 보내는 일이 많아졌다. 그 방에서의 시간은 주로 너를 기다리는 시간이었다. 수유리에는 친구도, 가족도 없었지만 늦은 시간 일을 끝내고 돌아올 너를 생각하면, 낮 내내 혼자 있어도 하나도 외롭지 않았다.

네가 바람을 피우기 전까진.

이사를 했다. 수유리를 떠나는 발걸음은 가벼웠다. 죄 많은 전 남자친구를 불러다가 일을 시켰다. 그래도 수고했으니까 밥을 먹여서 보내려고 고깃집에 갔다가 대낮부터 술을 한잔 기울였다. (한잔이 6병이 되도록 마셨지만….)

헤어지고는 두 달 만에 재회였다.

우리의 대화가 늘 그랬듯 나는 너의 고민을 듣고 이런저런 조언을 했다. 헤어졌다고 해서 달라질 필요는 없었다. 나는 너라는 사람을 좋아했다. 너는 이런 깊은 대화가 그리웠다고 했다. 내 제스처와 말투도. "너랑 헤어지고는 아무도 이런 대화를 못 해봤어. 내가 이래서 널 좋아했어."라고 말하는 너에게 나는 "맞아, 그리고 넌 바로 이것 때문에 날 미워했지."라고 했다. 한 사람을 좋아하게 된 이유가 때론 미워하게 될 이유가 되기도 한다.

너의 말에 따르면 만나는 동안 너는 내게 큰 자격지심이 있었다. 나는 연애도 많이 해봤고, 심지어 결혼도 해봤고, 나이도 5살이 많았다. 여기저기 여행도 많이 다녀봤고, 일도, 실패도, 이별도 아주 많이 해봤다. 하여튼 여러 방면에서 너보다 경험이 많았다. 그래서 네가 무슨 고민이 있어도 나는 들어줄 수 있었고 해줄 수 있는 말도 많았다. 무던하게 내게 닥친 역경을 헤쳐 나가는 모습과 너의 깊은 고민에도 여러 조언을 줄 수 있는 내 모습을 너는 좋아했다.

근데 어느 순간 너는 그게 자격지심이 되었다. 보통 20대 초반이 그렇듯 너는 아직 모든 게 새롭고, 미숙하고 아주 불안했다. '왜 너는 경험이 많지?' '왜 너는 다 알고 있지?' '왜 나는 너보다 경험이 없지?'라는 생각은, 언젠가부터 '왜 가르치려고만 하지?'가 되었다고.

나는 조용히 듣다가 말했다.

"그래, 네가 몇 번 말했었지. 네가 혹시나 그런 생

각이 들까 봐 나는 늘 조심스럽게 얘기를 꺼냈어. 내가 많은 걸 아는 척을 한다거나 잔소리하는 것처럼 들리지 않게 말이야. 그래서 내 말버릇은 '내 생각은 이런데, 넌 어때?' 였잖아."

"맞아, 그랬어."

"내 생각은 이래. (이것 봐. 말버릇이 또 나왔다.) 결코 내가 너보다 경험이 많아서, 너보다 이것저것 해본 일들이 더 많아서 너보다 아는 것이 많은 게 절대 아니야. 오히려 네가 겪은 경험들은 내가 겪어본 적 없는 것들인걸. 다만 시간이 흐르면서 자연스럽게 알게 되는 것들이 있어. 그런 건 정말 시간이 흘러야만 알게돼. 그래서 내가 너보다 더 많이 겪은 건 오로지 '시간' 뿐이야…"

이어서 내가 말했다.

"넌 정말 무궁무진한 가능성을 가지고 있어. 내가 보기엔 넌 정말 반짝반짝 빛나. 네가 하는 모든 일이 잘될 것만 같아. 근데 너만 몰라. 너는 네가 안 될 것만 같지. 불안하겠지. 그래도 자신감을 가지고 하고 싶은 걸 해. 그거 하나만 알고 있으면 분명히 모든 일들이 잘될 거야. 내가 아는 것들은 그런 거야. 그런 건 말로 설명할 수 없어. 다만 시간이 지나면 너도 반드시 알게 될 거야. 내가 아는 것들은 그런 거야."

너는 이제는 알 것 같다고 했다. 이런 말들이 다 자기를 위한 말들이었다는 것도, 그리고 너의 마음이 자격지심이었다는 것도. 그래. 봐, 시간이 지나야만 알게 되는 것들이 있다니까.

너는 내가 잘해 준 덕에 우리가 만나는 시간 동안 좋았다고 했다. 맞아. 네가 바람을 피우고도 우리가 이렇게 앉아 웃으면서 대화를 나눌 수 있는 건 다 내가 잘한 덕이지. 네 덕은 확실히 아니지. 나는 부정하지 않고 능청스럽게 긍정했다. 너는 웃으면서 고개를 끄덕였다.

　나는 네가 좋은 사람이란 걸 안다. 너는 고마워할 줄 아는 사람이고, 사과할 줄도 아는 사람이다. 네가 바람을 피운 건 나에게 한 실수이면서도, 너 자신에게 한 실수이기도 하다. 사람이니까 실수할 수도 있지. 그게 우리 둘에게 어떤 깨우침을 주었다면, 그걸로 된 거다. 어차피 우린 다른 것은 아무것도 잃지 않았고 서로를 잃었을 뿐이니까.

상처받을
용기

나는 용기 있는 사람이라 그럼에도 여전히 사람을
믿고, 사랑을 믿는다. 사랑을 쟁취하겠단 용기 말고,
상처받을 용기.

한 사람에게 특별함을 부여하는 것만큼 나를 더 특
별하게 만들어주는 것은 없다. 나는 너를 사랑함으로
써 특별해진다. 사랑은 나를 위해서 하는 거다.

누구를 만나든 '저 사람은 나를 사랑하지 않아'라고
믿는 것보다야 '우리는 서로를 사랑하고 있어. 이렇게

만나게 된 건 운명이야'라고 믿는 것이 내 스스로 하여금 특별한 기분이 들게 만들어준다는 말이다. 그것만큼 나를 특별하게 만들어주는 것은 없다. 사랑이 전부다. 그러니 그것이 아무리 진흙탕 사랑이라 하더라도 누군가 잠시 내게 와서 그런 특별함을 주고 갔다면 그걸로 되었다. 나는 수천 번이라도 다른 진흙탕에서 구를 용기가 있다. 사랑할 용기. 상처받을 용기가. 그러니 떠난 그들이 행복하길 바란다.

한 사람에게 특별함을 부여하는 것만큼

나를 더 특별하게 만들어주는 것은 없다.

나는 너를 사랑함으로써 특별해진다.

사랑은 나를 위해서 하는 거다.

가진 게
많은 사람

우리 모두에게 그런 경험 한 번쯤은 있을 것이다. 강렬한 열정으로 마음을 모두 불태울 만큼 사랑에 빠진 경험. 마음이 시꺼멓게 다 타버리고 재만 남았다면, 다시 열정적으로 사랑하는 일은 정말로 '사치'처럼 느껴질 것이다.

하지만 여전히 사랑할 수 있다면, 사랑을 믿을 수 있다면, 다시 뜨겁게 불태울 수 있다면, 나는 가진 게 정말 많은 사람이 아닐까?

사치

가진 것보다 더 많이 쓰는 걸 우리는 사치라고 하죠.

그럼 '난 더 이상 누구도 사랑할 수 있을 거 같지 않아'라고 말하는 사람은

가진 게 많은 사람일까요?
적은 사람일까요?

그럼에도 불구하고

'난 사랑을 믿겠어, 난 사랑을 하겠어'라고
말하는 사람은

가진 게 많은 사람일까요?
적은 사람일까요?

여전히 사랑을 믿는 사람은,
사랑에 자주 빠지는 사람은

가진 게 아주 많은 사람인 거예요.
부자가 돈을 많이 쓴다고 사치라고 하진 않죠.

마찬가지로 세상 풍파를 다 겪고 나서도
세상 사람들이 아무리 차갑고 모질게만 군데도

'난 여전히 이 세상을 사랑할 수 있어'
'이 세상을 사랑해'라고 말할 수 있다면
난 가진 사랑이 아주 많은 사람인 거죠.

우선 사람에게
관심이 있어야만 하고

    며칠 연속 새벽까지 술을 마시고 몇 시간 안 되어 일어나 서핑을 가다 보니 체력이 완전히 바닥이 났다. 그래도 더 자고 싶은 몸을 억지로 일으켜 늦은 밤까지 밀린 일을 끝냈다. 하루 종일 노트북만 잡고 있다 보니 오늘은 서핑도 못 하고, 책도 못 읽었다. 내가 좋아하는 것 3가지 중 하나는 하자 싶어 여전히 피곤이 깨지 않은 몸을 끌고 올드맨 바에 가서 맥주 한 병을 샀다. 취기가 오르면 집에 가서 바로 자야지, 하고 바람이 솔솔 드는 구석에서 혼자 피곤을 잔뜩 티내며 맥주를 마시고 있었다.

갑자기 무해하게 생긴 직원 한 명이 조심스레 다가와 엄지를 척 하고 치켜든다.
'너 괜찮아?'라고 묻는 것이다.

나는 고개를 절레절레 흔들며 손으로 목을 주욱 그었다. '체력이 끝났어.'

직원이 치켜들었던 엄지로 춤추는 사람들 쪽을 가리켰다. '가서 춤춰야지.'

내가 웃으며 '이따가~'라고 대답하니 직원도 활짝 웃으며 하이파이브로 화답한다.

그가 떠나고 만약 나라면 모두가 신나있는 곳에서 죽상인 사람을 보고 흥을 내도록 도울 수 있을까 생각해보았다. '여기까지 와서 왜 저러고 있담. 왜 즐기지도 못하고 있담?' 나였다면 안쓰러워하거나 이해를 못했을 것이다. 그런데 직원은 내게 와서 잠시라도 웃게 해주었다. 그리고 아주 잠시였지만 내내 죽상을 짓고 있던 내가 '가서 춤이라도 춰볼까?'도 생각하게 만들었다. 이건 정말 아무것도 아닌 것처럼 보일 수 있어도 실은 엄청나게 대단한 것이다.

우선 사람에게 관심이 있어야만 하고, 다가가서 말을 걸 수 있는 용기까지 필요한 일이다. (죽상인 사람은 대개 비호감에 가까움으로) 정말 아무것에도 관심 없는 표정인 사람에게 말을 걸기란 아무리 이곳의 분위기를 한 층 끌어올려야 하는 의무를 가진 직원이라 할지라도 결코 쉽지 않다. 게다가 웃게 만드는 것은 더욱더. 그 용기와 고마움에 내가 웃음 지어 보였기 때문에 직원도 내게 하이파이브를 건넨 게 아닐까. 나는 그가 떠나자마자 내가 조금은 즐거워졌음을 깨닫고 크게 감동받았다.

생각해 보니 며칠 전에도 비슷한 일이 있었다. 대낮부터 한 바에 앉아서 에스프레소 마티니 한 잔에 페터 한트케의 《긴 이별을 위한 짧은 편지》를 읽고 있었다. 술이 살짝 올라 책이 잘 읽히지 않아서 인상을 쓰고 있던 탓인지 한 여자가 다가와 물었다. "너 괜찮아?"

가까이 오고 나서야 내가 책을 읽고 있었다는 걸 인지한 아름다운 그녀는 "아! 책이 있는지 몰랐어! Enjoy!" 하고는 떠났다. 얼마나 멋진 사람들인가?

한국에서의 일도 떠오른다. 어느 한여름, 잠시 섬에서 지내느라 서울에 있는 작은 원룸을 몇 주 비웠더니 관리자 아저씨께서 문자를 남겨두셨다.

"관리인입니다. 고온 더위에 안전합니까. 에어컨은 잘 작동되나요? 출장 중이신가요. 민원있으면 연락주세요."

딱히 민원이 없어 바빠 답을 못 드렸는데 오후쯤 전화가 오시는 거다.

방에 무슨 문제가 생겼나 하고 받으니 에어컨은 잘 돌아가는지, 문제는 없는지 여쭈셨다.

"요즘 서울 갈 일이 없어서 잠시 비웠어요~"

아저씨는 그제야 너털웃음을 지으시며 사실 요새 통 보이질 않아 걱정되어서 확인 전화를 하신 거라 전한다. 더위가 기승을 부리는 한여름, 생판 남인 누군가가 나의 안위를 걱정해주었다. 따뜻한 전화. "감사합니다, 아저씨!" 하고 전화를 끊었다.

살다 보면 가끔 사람이 미워지기도 한다. 그럴 때면 누군가 슬며시 치켜든 엄지, 다가와 묻는 걱정의 한마디, 50초 남짓의 통화, 이런 아주 사소한 것들이 그래도 계속해서 사람에게 관심을 가져야겠다는 생각이

들게 한다. 그럼에도 서로 보살피는 것. 사람에게 관심을 가지는 것. 그게 내가 유일하게 할 수 있는 일인 것이다.

그들을 즐겁게 하기 위해서 나도 늘 즐겁게 있어야겠다. 사람을 들여다보고 사람을 사랑할 줄 아는 사람들을 위해서. 나도 그들을 사랑하니까.

Part 4

성취

기술이 아니라
느낌을 배울 것

파도가 무너지길
마냥 기다릴 수는 없어

그 날은 파도가 매우 제멋대로 굴었다. 잔잔한 파도
가 서퍼들을 평온하고 심심하게 만들다가 갑자기 집
채만 한 파도로 돌변해 들이닥쳤다.

탈 수 없는 큰 파도가 올 때면 바다 위는 몇 초 만에
재난 상황이다.

"Paddle out!!" 서퍼들이 소리친다. 파도가 무너져
우리를 집어삼키기 전에 헤엄을 쳐서 파도를 넘어 지

평선을 향해 나가라는 뜻이다. 아무리 큰 파도라도 무너지기 전엔 말랑말랑한 법이다. 저 멀리 넘실거리는 파도가 슬며시 거대해지며 다가오면 파도 쪽으로 미친 듯이 헤엄쳐가야 한다. 파도가 나를 향해 무너져 내리기 전에 파도를 넘어 버리면 휩쓸려 가지 않고 무사히 그 큰 파도를 보내버릴 수 있다.

하지만 이미 내 눈앞에서 파도가 깨지기 시작할 때는 말이 다르다. 큰 파도가 저 멀리서부터 오고 있다는 걸 예상할 수 있었던 다른 날과는 달리 그 날은 유독 갑자기 커져 버린 파도가 눈앞에서 내 키를 훌쩍 넘어 버리고 있었다. 그런 파도 앞에서 이미 휩쓸려 갈 걸 예상해 버린 내 몸은 일찍이 굳어 버렸다.

파도를 넘어가다 무너져 파도 꼭대기에서 바닥으로 곤두박질칠 걸 생각하면, 차라리 일찌감치 파도를 넘어가길 포기하고 거대한 쓰나미에 휩쓸려 갈 것을 각오해 몸을 움츠려버리고 마는 것이다. 그렇게 파도에 휩쓸리게 되면 거품이 크게 일은 파도 밑에서 숨도 못 쉬고 데굴데굴 구르고 난 뒤에 죽을 것 같을 때쯤 가쁜 숨을 붙잡고 간신히 해면 위로 올라온다. 코에도 바닷물이 가득 들이닥쳐서 따갑고 맵다. 꽤 고통스러운 일이다.

그렇게 이미 무너져가고 있는 파도 앞에 패들을 멈추고 차라리 휩쓸려 갈 것을 각오하고 있었던 내 옆에서 서퍼 일만이 소리쳤다.

"Keep going!! Never stop!!"(계속 가! 절대 멈추지 마!)

계속 파도를 향해 헤엄치라는 것이다. 이미 내 머리 꼭지를 넘어 3배는 커져 버린 파도 앞에서.

그 말을 듣고 높아진 파도의 정상을 향해 양팔로 도끼를 내려찍듯 온 힘을 다해 파도를 타고 올라 간신히 넘겼다. 파도는 바로 내 뒤에서 무너져 내리며 비를 흩뿌렸고 매서운 소리와 큰 거품을 만들며 미처 파도를 넘지 못한 다른 서퍼들을 휩쓸곤 거칠게 해변으로 달려갔다. 그 비를 맞으며 나는 생각했다. 어라, 충분히 넘을 수 있는 상황이었던 건가.

그렇게 뒤를 보며 한숨 돌리고 있는 나에게 일만이 다가와 충고했다. 파도가 눈앞에서 깨지고 있는 상황이면, 그러니까 무너지기 직전이면, 무조건 파도를 향해 헤엄쳐서 가야 해.

"You cannot just wait."(파도가 무너지길 마냥 기다릴 수는 없어.)

충격이었다. 그렇다. 나는 시도도 해보지 않고 포기했던 거다. 파도가 이미 커졌다는 이유로 전력을 다해 넘겨버릴 시도조차 하지 않고 파도의 밑에서 차라리 무너져내려 나를 덮치기를 기다렸다. 그게 파도의 가장 높은 곳에서 곤두박질치는 것보다는 훨씬 덜 고통스러울 테니까. 하지만 시도하지 않는 한 고통받기는 매한가지였다.

"파도에 맞서다." 뇌리에 떠오른 익숙한 문장. 집에 돌아가서 인터넷에 검색해 봤다. 파도에 맞서다. 파도에 맞서 싸워라. 대부분은 파도에 맞서 싸우거나 맞서지 말고 파도 위에 올라타라는 은유적인 이야기였다. 그 어디에도 큰 파도를 향해 정면으로 맞서 헤엄쳐 나가 그것을 무사히 넘겨버리라는 말은 없었다.

파도에 맞서 싸워라.
나는 뒤에 한 문장을 더 붙이고 싶다.

파도에 맞서 싸워라. 그러면 무사히 넘길 것이다.

갑자기 집채만큼 커진 파도처럼 내게 다가왔던 수많은 일들이 떠올랐다. 그것을 외면하고, 회피하고,

내 손을 떠난 것처럼 손 놓고 두고 보았을 때 그것은 나를 저만치 멀리 휩쓸고 내려가버렸다. 어찌어찌 견뎌내기는 했지만 수면 밑에서 데굴데굴 구르며 벗어나려 발버둥치던 내 모습처럼 나를 꽤 고통스럽게 했다.

정작 휩쓸려 가지 않고 자연스럽게 흘려보낼 수 있었던 때는 언제나 그것을 정면으로 맞서 헤엄쳐 나가려 했을 때다. 풍파 위를 헤엄치는 것. 두려움에 맞서 싸우는 것. 그날 마주했던 파도는 나의 두려움을 대변하는 것이었다.

그동안 나를 덮쳤던 두려움의 실체는 실은 망설이고 굳어 버린 사이 집채만큼 커져 버린, 충분히 넘을 수 있었던 파도였을 뿐이다.

통장 잔고 1,240원.

　전 재산을 탈탈 털어 발리에서 세 달을 보내고 돌아
와 보니 통장엔 하루 버스 왕복비도 안 남아 있었다.
다음 주부터는 다시 학교에 가야 하는데, 아르바이트
를 당장에 시작해도 다음 달까지는 교통비도 없네. 게
다가 아프다는 핑계로 중간고사를 달랑 일주일 남긴
학교를 갑자기 때려치우고 떠나버렸으니. 그렇게 떠
난 발리에서 나는 크게 나아지지도 않고 돌아왔다. 시

간도, 기회도, 돈도 너무 많이 써버렸다. 정말 인생 조졌군. 발리에서 막 돌아온 22살의 나는 생각했다.

그러나 뭐 어쩌겠는가. 일단 학교는 가야 하는 걸. 교통비라도 아끼기 위해 당분간은 왕복 3시간 거리를 걸어 다니기로 했다. 가진 거라곤 튼튼한 두 다리와 넘치는 체력, 그리고 시간뿐이었으니까. 다행히 여름의 해는 뜨거웠지만 높이, 그리고 길게 떠 있었다. 장마철이 지나 쨍하고 푸르른 하늘. 걷기에 이보다 좋을 수 없다. 강의가 끝나면 캠퍼스에서 나와 역까지 쭉 걸어 내려온다. 전철이 지나는 남영역 굴다리를 지나 또 쭉 걷다 보면 드넓은 용산역이 나오고 다시 하염없이 걷다 보면 내가 제일 좋아하는 부분, 한강대교가 나온다.

사실 집에서 학교까지 오가는 길에 한강대교가 없었다면 왕복 3시간 거리를 걸어 다니는 무모한 결정을 내리진 않았을 것이다. 교통카드는 후불이니 버스

정도는 충분히 타고 다닐 수 있었으니까. 하지만 좋아하는 한강대교를 이 기회에 질릴 때까지 걸어보자는 마음에 더해 교통비를 조금이라도 더 아껴서 술 사 먹어야지, 하는 절약 정신이 불을 지폈다. 그렇게 한 달여간의 한강대교 통학길이 시작된 것이다.

그 한 달의 시간은 엄청난 고행이 될 거란 나의 예상과는 다르게 대학을 다니던 시절을 통틀어 내게 가장 아름다운 기억이 되었다. 아니, 발리에서 지낸 3개월보다도 더 값진 시간이었다. 그 어느 때보다 빈털터리였음에도 한강다리 위를 건널 때면 빈곤한 마음 따윈 도무지 들지 않았다.

성인이 되곤 땅만 보며 걷는 시간이 많았다. 술에 취해 비틀대면서 도보의 타일을 보며 터덜터덜 집으로 걸어가는 힘 없는 발걸음. 그게 내가 기억하는 귀갓길이었다. 하지만 한강대교를 걸어 다니는 동안엔 시도 때도 없이 카메라를 꺼내 들어 구름을 찍었다.

그때 뚱뚱한 구름, 저 멀리 63빌딩에 걸린 구름, 동떨어져 있는 구름까지 온갖 구름을 다 찍었다. 분명 매일 같은 다리를 지나는데 다른 구름, 다른 풍경이었다. 그래, 하늘을 보게 된 것이다.

그렇게 매일 걷기 시작하면서 나는 점점 더 많은 것들을 눈에 담았다. 그리고 더 많이 담기 위해 노력했다. 어느 날은 남영역 굴다리를 지나 용산으로 바로 가지 않고, 반대 방향으로 걸어보기로 했다. 무작정 걷다 보니 얼마 가지 않아 서울역이 나왔다.

서울역 앞에 다리가 하나 놓여있는데 자세히 보니 위에 사람들이 잔뜩 지나고 있다. 홀린 듯이 올라가 보니 칙칙한 콘크리트 다리 위에 예쁜 식물들이 한가득이다. 알고 보니 낡은 고가다리를 철거하는 대신 걷기 좋은 공중정원으로 만들어 두었단다. 다리 위 공원을 천천히 걷다가 발견한 이름 모를 꽃에 또다시 카메라를 들어 찰칵. 마침 뒤로 푸르게 깔린 하늘과 연한 분홍꽃의 색감이 너무나도 잘 어울린다. 근래 찍은 사진 중 가장 마음에 들어 한참을 보았다. 갑자기 헛웃음이 난다.

우울증과 벌써 2번의 휴학. 남들은 열심히 공부할 동안 9개월간 모은 돈을 술과 여행으로 탕진해버리고, 빈털터리가 된 채로 한량처럼 걸어다니는데 뭐가 좋다고 이렇게 또 즐거울까. 남들 하는 대로 적당히 놀고, 적당히 공부하고, 적당히 행복하면 어땠을까. 하지만 이렇게 요령 없는 삶도 참 좋구나 싶은 거다.

낡고 차가운 콘크리트 다리 위에 핀 밝고 화사한 분홍빛 꽃에 무슨 요령이 있었을까. 그냥 누가 가져다 놓았으니까 피었겠지. 여기에 있어야 할 이유도, 있으면 안 되는 이유도 없잖은가. 언제는 인생 조졌다더니 꽃 한 송이 두고 사진을 찍어대며 좋다고 실실 웃고 있다. 바보에게 무슨 요령이 있을까. 그냥 요령 없이 살자. 집에 돌아가자마자 이름 모를 분홍꽃의 사진

을 보정해 사진 계정에 올렸다. '요령 없는 삶'이라 제
목 지어서.

돈이 없어 어쩔 수 없이 한강대교를 걸어 다녔던 한
달 동안 나는 많은 것을 알게 되었다. 내가 구름을 좋
아한다는 것. 사진 찍는 일을 좋아한다는 것. 걷는 것
을 좋아한다는 것. 하늘을 보고 걸을 줄 안다는 것. 무
엇보다 그런 것들을 좋아한다는 것을 스스로 찾아낼
줄 안다는 것. 나는 매일 하루 한 시간 반 이상을 나를
배우는데 투자했던 것이다.

어느 날 엄마가 내게 말했다. 좋고 나쁜 게 따로 없
다고. 좋다고 좋기만 한 게 아니고, 나쁘다고 다 나쁘
기만 한 게 아니라고. 좋고 나쁜 건 그냥 감정일 뿐이
라고.

나는 그 말에 고개를 끄덕였다. 조졌다고 다 조지기
만 한 게 아니더라고.

언제는 인생 조졌다더니
꽃 한 송이 두고 사진을 찍어대며
좋다고 실실 웃고 있다.
바보에게 무슨 요령이 있을까.
그냥 요령 없이 살자.

처음엔

잘 넘어지는 법을

배우는 거야

가족 단체 카톡 방에 7살 난 조카 조이의 영상이 올라왔다. 조이는 스케이트화를 신고 빙판 위에 겨우 서서 원을 그리는 연습을 하고 있었다. 서 있는 것도 힘겨워 보였던 조이는 1분 40초 남짓 되는 영상 속에서 무려 6번을 넘어졌는데, 넘어지기가 무섭게 바로 일어나 원을 그리고 다시 넘어지기를 반복했다. 모두가 조이의 포기하지 않고 도전하는 끈기 있는 모습을 칭찬할 때, 고모가 영상을 보더니 한마디 남겼다.

"처음엔 잘 넘어지는 법을 배우는 거야."

잘 넘어지는 법을 배우는 것. 날카로운 날을 타고 빙판 위를 달리기 위해서는 우선 잘 넘어지는 법을 배워야 한다. 넘어지는 것을 두려워했다면 빙판 위를 달리기는커녕 걸음마조차 뗄 수 없었을 것이다. 걸음마를 떼기 위해서 아기들은 몇천 번을 넘어져 왔을까?

서툴고 위태롭지만 골똘히 목표를 향해 다가가다가 몇 번이고 넘어지는 느낌. 정말 잘하기 위해 못하는 상태를 기꺼이, 심지어 열렬히 받아들이는 것, 그것이 아기의 걸음마가 스킬을 습득하는 비결이라고 한다. 잠재력에 관해 설명한 대니얼 코일의 《탤런트 코드》에서는 재능 발휘를 위한 연습을 이 '비틀거리는 아기'의 이미지에 비유했다. 재능을 발휘하기 위해서는 열렬히 넘어져 봐야 한다는 것이다.

못하는 상태를 즐기기 위해서는 계속해서 넘어져

봐야 한다. 안 아프게 넘어지는 법이란 없다. 잘 넘어지는 법이란, 넘어지는데 두려움이 없다는 것이다.

한 스키 초보가 중급자 코스의 정상에서 생애 첫 하강을 앞두고 있다. 멈추는 법도 제대로 모르는 초보가 넘어지는 것이 두려워 절벽과도 같은 경사를 점점 가속도가 붙는 상태로 멈추지 못하고 직활강하며 내려오고 있다고 상상해보자. 그보다 더한 공포는 없다.

스키를 처음 타러 갔던 나는 첫 하강 직후 인생에서 스키라는 단어를 삭제시켜 버리고 싶었지만, 같이 타러 간 열정 넘치는 스키 선수 친구들 덕에 울며 겨자 먹기로 다시 한번 정상에 오를 수밖에 없었다. 대신 친구들은 첫 하강에서 알려줬으면 참 좋았을 한마디를 내게 던져주었다.

"그냥 넘어져도 돼"

그 말을 듣곤 속도가 빨라져 무섭다 싶으면 한 치의 망설임도 없이 나자빠졌다. 그렇게 열심히 눈밭을 구르다 보니 어느 순간 넘어지는 것이 더 이상 두렵지 않았다. 오히려 즐겁기까지 했다.

엉망진창으로 구르고 일어서기를 반복하는 것. 마치 걸음마를 연습하는 아기가 된 기분. 이런 기분을 느낀 것이 언제가 마지막이었더라?

그렇게 나는 처음으로 스키를 타러 간 그날 (스키를 탔다기보다는 눈사람이 되도록 굴러 내려왔다는 표현이 더 맞지만) 상급 코스에까지 오르는 기염을 토했고, 폐장 시간까지 정상에 오르기를 멈추지 않았다.

넘어지지 않고는 잘 넘어지는 법을 배울 수는 없다. 수차례 넘어진 다음에야 잘 넘어지는 법을 알게 되었을 때, 다시 말해 넘어지는 것이 두렵지 않게 되었을 때 우리는 비로소 걸음마를 떼고, 빙판 위를 쌩쌩 달리고, 눈밭을 시원하게 질주할 수 있게 된다.

넘어지는 건 두려운 일이 아니다. 실패를 기꺼이 즐기자.

이름을
기억한다는 것

6년 만에 오닐을 만났다. 발리에는 나와 닮은 아이가 있었다. 항상 웃는 얼굴에, 온 신경을 남을 불편하지 않게 하는 데 쓰는 듯 다정하고 배려 많은 것이 선한 얼굴에 그대로 나타나는 착한 아이였다. 그 아이는 늘 웃고 있었다.

6년 전, 내가 발리에 있던 3개월 동안 아침엔 서퍼인 오닐에게 서핑을 배우고, 저녁엔 다른 서퍼들과 다 같이 둘러앉아 맥주를 마셨다. 어느 날은 오토바이 타는 법을 알려주겠다면서 같이 타다가 넘어져 양쪽 무릎이 다 쓸리기도 했다. 슈퍼에서 싸구려 술을 사 아무 바닥에나 앉아 마셨고, 작은 방갈로에서 5,000원 치고는 엄청 화려했던 조명을 켜두고 클럽 노래를 들었다. 오닐은 클럽을 안 가봤다면서 춤을 가르쳐달라고 했었다. 또래였던 우리는 어설프고 풋풋하게 그렇게 놀았다.

6년 만에 다시 찾은 발리가 나를 기억할 거라고 생각하지 않았다. 나만이 발리에서 만든 그윽한 추억에 대한 짝사랑으로 그때의 마음을 조금 들추어 볼 뿐이었다. 나는 발리를 기다렸지만, 발리는 그러지 않을 테니까. 발리는 그냥 거기 있을 뿐이니까.

발리에 도착한 날 저녁엔 기분이 좋아 얼른 준비하고 예전에 오래 묵었던 꾸따 거리로 나가 걸었다. 집 앞에서도 길을 헤맬 정도로 워낙에 길치인 나는 수없이 다녔던 그 거리가 또다시 낯설었다. 게다가 원래 사람이 아주 많았던 꾸따는 코로나 이후로 인기가 없는 지역이 되어버려서 전에 알던 거리의 느낌도 아니었다. 그래도 여전히 6년 만에 발리라는 사실에 기분이 좋은 건 변함이 없었던 탓에 쌍둥이와 취할 때까지 술을 들이부었다.

다음 날엔 숙취로 도저히 서핑을 할 수가 없어 저녁까지 느긋하게 쉬다가 선셋을 보고 좋아하던 바에 갔다. 그곳에서도 역시 발리에 대한 짝사랑을 해소하듯 예전의 추억들을 쌍둥이와 하나씩 꺼내 보았다. 여기서 롱아일랜드티를 처음 마셔보았지. 그게 폭탄주인 줄 모르고 2잔을 원샷해버려서 우리 실려갔잖아.

다음 날, 발리에 온 지 3일 째가 되어서야 드디어 서핑을 할 수 있었다. 이른 아침, 서핑 강사들이 기다리고 있는 서핑 샵에 들어간 순간, 어렴풋이 반가운 얼굴이 있었다.

'어…?' 하고 망설이고 있는데 그 얼굴에 갑자기 환한 미소가 걸린다.

"Gina!!"

오닐이었다. 내가 망설이고 있는 순간에 오닐은 가물가물한 기색도 없이 내 이름을 불렀다. 오닐이 내 이름을 외치고 나서야 나는 그 아이가 오닐임을 확신했다. 오닐이 아니면 내 이름을 기억할 사람이 없을 테니까.

자그마치 6년이었다. 6년간 나는 많은 사람과 사건들과 수없이 만나고 이별했다. 그건 오닐도 그랬을 거다. 그 흔한 SNS도, 연락처도 없어 어떻게 자랐는지, 살았는지 죽었는지 어떠한 안부도 묻지 못하고 6년만에 만난 그 아이가 망설임 없이 나를, 게다가 내 이름을 기억해줬다. 순식간에 나는 그 세월을 건너서 6년 전의 그때로 돌아갔다. 우리는 너무 반가워서 바다에 나가서도 마주칠 때마다 하루 종일 천연덕스럽게 낄낄거렸다. 너…! 너…! 서로에게 손가락질을 하면서 그새 자란 서로의 모습을 놀리기라도 하듯이.

그 애도 많이 자라있었다. 마르고 조그마했던 애가 뼈가 자라고 근육이 붙어 듬직한 풍채가 되었다. 내가 "야! 오닐도 컸어!"라고 하니까 쌍둥이는 "큰 게 아니라 늙은 거겠지."라고 했다. 그치, 그때도 우리는 20대 초반이었으니까. 자랐다기보단 같이 늙었다고 보는 게 맞겠지.

그러나 6년 전에 발리에 왔을 때의 나는 너무 어린 애였다. 어렸고, 어리숙했고, 어설펐다. 아무것도 몰랐으니까. 어떻게 살아야 하는지 몰라서 매일 울었으니까. 지금에 비해 그때의 내가 너무 애였기 때문에 그때 추억 속의 오닐도 어린애처럼 느껴졌나 보다. 단순히 나이가 들어서 '늙었다'고 하기보다는 나는 내가 이제야 컸다고, 이제야 자랐다고 느껴졌다. 오닐은 입으로 클럽 비트 소리를 내며 "오늘 금요일인데 클럽 가야지!"라고 했다. 오닐! 너도 정말 다 컸네!

본격적으로 파도를 타러 들어가기 전에 모두들 모여 정비를 했다. 얼굴엔 파도에 뺨을 수차례 맞아도 지워지지 않는 초강력 선크림을 덕지덕지 바르고 겨우 잡은 파도 위에서 미끄러지지 않도록 보드에 왁스를 칠했다. 이제 바다로 뛰어들 준비를 하고 있는데 함께 서핑 강습을 받으러 온 다른 사람들이 묻는다.

"아까 엄청 반갑게 인사하던데, 오닐을 아시나 봐요? 발리에 오신 적 있으세요?"
"네, 6년 전에요."

그렇게 대답하니 모두들 놀란다.

"보자마자 이름까지 바로 기억하던데… 저는 작년 여름에 왔었는데 까맣게 잊었더라고요. 인상에 많이 남았나 봐요."

이런 일은 후에도 여러 차례 더 있었다. 얼마 후에
새로운 사람들이 계속해서 오고 떠나며 "오닐! 나 기
억 안 나? 남자친구랑 왔었잖아. 여기에 2달을 있었
는데." 이런 식의 대화가. 그 아이는 그럴 때마다 멋쩍
어하며 웃었다. "미안, 정말 많은 사람들이 왔다가 떠
나."

발리에 있는 누군가 나를 기억해주고 있었다. 1년
도 아니고 6년은 정말 긴 시간이다. 발리는 도시 전체
가 휴양지라 많은 사람들이 오고 간다. 그만큼 수많은
이름들도 오고 간다. 그 아인 수많은 이름들과 친해지
고 멀어졌을 거다. 우리가 그랬던 것처럼. 근데 마치
기다리고 있던 친구처럼 헷갈리지도 않고, 이름을 떠
올리는데 큰 노력도 들이지 않고 "Gina!" 하고 내 이
름을 불러줬다. 이름을 기억한다는 건 그 모든 시간과
기억들까지 모두 불러들이는 일이었다. 그 아이가 내

이름을 불러 준 뒤 나는 제멋대로, 발리가 나를 기억하고 있다고 믿어 버렸다.

　그렇게 내 마음을 거절당하면 어떡하지, 그때의 발리와 다르면 어떡하지, 하는 조금은 초조하게 첫사랑을 만나는 것과 같은 마음으로 왔던 발리에게서 드디어 화답을 받는 기분이었다. '그때의 발리가 나를 기억하고 있어…!' 그제야 나는 내가 알던 발리로 돌아왔다고 느꼈다. 아무도 나를 기억할 것 같지 않던 먼 옛날의 고향에서 나를 기억해 준 소꿉친구라도 만난 것처럼. 오닐이 내 이름을 불러주었을 때, 그게 내게 어떤 의미를 주었을지 그 아이는 알긴 했을까?

가장 오래 남는 건
선함이다

사실 나는 그 애가 싫었다. 그 애는 늘 밝았고, 늘
웃고 있었다. 그게 나와 닮아서 나는 그 애가 싫었다.
착했고 순한 애였다. '한 명만 낚여라'라는 식으로 모
든 여자들에게 추파를 밥 먹듯 던지는 다른 서퍼들과
다르게 순진한 장난도 쉬이 쳤다. 아이 같았다. 한국
어를 서툴게 할 줄 아는 현지 서퍼들 중에서 유일하게
존댓말을 쓸 줄 아는 아이였다. 그래서 그게 촌스러워
보였다. 내 모습 같아서 눈길이 자주 갔다. 그래서 싫
었다.

나는 좀 진중한 사람이고 싶었고, 비밀이 많은 사람이고 싶었다. 섹시하고 싶었다. 얼굴에 감정이 다 드러나는 사람은 촌스러워보였다. 늘 웃고 있는 사람은 비밀이 없어 보이고 헤퍼 보였다. 뭐가 부족해서 그렇게 쉽게 웃어주는 거야?

부모님이 차곡차곡 모아두신 어릴 적 내 앨범을 들춰 보면, 안 웃고 있는 사진을 찾기가 힘들었다. 당최 웃기다는 게 뭔지도 몰랐을 거 같은, 형체도 채 완성되지 않은 신생아 때부터 내 눈웃음만은 확실한 존재감을 드러냈다. 3살쯤 되어 여권을 만들어야 했을 때, 나는 웃음을 멈추질 못 해 혓바닥을 잔뜩 내밀고 웃고 있느라 눈동자가 거의 보이지 않았고, 결국 규격에 맞지 않는 사진으로 여권을 만들 수밖에 없었다. 그 탓에 엄마는 입국 심사를 할 때마다 "아이가 어려서 안 웃는 법을 몰라요."라는 이상한 변명을 대야 했다.

아무튼 천성부터 나는 사람들 앞에서 웃고 있지 않

는 것이 훨씬 더 부자연스럽게 느껴지는 사람이었다. 아기 때에는 그게 어른들의 사랑을 듬뿍 받게 만들었을지는 몰라도, 자라면서 나는 칭찬을 가장한 갖은 편견과 참견을 맞이해야 했다.

"너는 뭐가 그렇게 좋아서 웃니?"

"부럽다. 너는 힘든 일을 한 번도 안 겪어 본 사람 같아."

"너 남자 꼬시려고 그렇게 웃는 거지?"

청소년기에 들었던 말 중에 굳이 꺼내어 보려고 노력하지 않아도 될 만큼 많이 들었던 말들이다. 그럼에도 나는 여전히 웃음을 잃지 않았다. 애굣살은 늘 웃느라 긴장이 되어 있어 힘없이 풀어지는 날이 드물었고, 부끄러울 때도, 어색할 때도 웃었다. 심지어는 미안할 때에도 멋쩍은 웃음을 지었다. 기분이 정말 좋을 때는 목을 한껏 당겨서 턱에는 이중으로 살이 뭉쳤고, 눈은 반으로 완전히 접혀서 훗날 눈가 주름을 걱정하

지 않을래야 않을 수가 없을 정도였다. (그렇게 웃어댔
는데 아직도 주름이 생기지 않은 건 감사한 일이다.)

성인이 되니 청소년기 놀림을 당할 때와는 다른 의
견들이 날아왔다.

"너는 참 햇살 같이 웃는구나."
"네 웃음을 보고 있으면 기분이 좋아져."
"넌 웃을 때가 제일 예뻐."

그러나 성인이 된 나는 이제 진중함을 좀 가지고 싶
었던 것일까. 비밀을 숨기고 있는 성공한 스타들의 신
비함을 닮고 싶었던 걸까. 나와는 다르게 성격이 도도
한 고양이 같은 쌍둥이의 시크함을 닮아 보고 싶었던
것일까. 그만 웃고 싶었다.

섭식장애와 우울증을 앓고 있으면서도 사람들이
나를 늘 행복한 사람으로 알고 있는 것도 싫었다. (그

때 나는 페이스북에서 4만 명의 팔로우를 가지고 있었다. 2016년 당시였으니까, 꽤 많은 숫자였다.) 그건 내게 큰 괴리감으로 다가왔다. 차라리 나를 세상에서 가장 암울하고, 깊은 슬픔을 가지고 있는 사람으로 알았으면 하는 바람까지 있었다. 그래서 한때는 어떻게든 웃지 않으려고 노력했지만 모든 노력은 비참하게도 모두 수포로 돌아갔다. 안 웃고는 못 배기겠는지 내 DNA 에는 이상하리만치 웃음이라는 게 새겨져 있는 것 같았다.

그 모든 과정을 거쳐 수년이 지났지만 나는 여전히 웃음을 잃지 않았다.

사람들은 여전히 내가 웃을 때가 제일 좋다고 한다. 나는 여전히 그들에게 정색보다는 웃는 얼굴이 익숙한 사람이다. 나는 이제 늘 웃고 다니느라 눈에 주름이 지는 내 모습이 좋다. 장난이 많고 과장되게 표현하는 원숭이 같은 내 몸짓도 좋다. 장난기 가득한 표정. 무엇보다도 내 무해함을 밝힌 뒤, 그 앞에 무장해제 되는 사람들의 모습이 좋다. 웃음은 늘 번져 나간다. 그 웃음들이 없었다면 수많은 삶을 견딜 수 없었을 것이다. 수많은 삶 뒤에도 밝음을 유지하는 건 어려운 일이다.

6년 만에 다시 만난 그 애도 여전히 밝게 웃고 있었다. 모두에게 웃어주었고, 물 위에서나 지상에서나 눈에 들 때면 언제나 웃고 있었다. 넌 어떻게 지냈어? 나는 수많은 만남과 이별과 셀 수 없는 아픔이 있었어. 그런데도 여전히 웃을 수 있어. 사람들에게 웃음을 쉬이 내줄 수 있어. 이렇게 너를 만나서 또 같이 웃고 있잖아. 너에게도 셀 수 없이 많은 일들이 있었겠지. 그런데도 여전히 웃고 있네. 너 참 대단하다. 예전과 다르게 그래서 더 눈길이 갔다, 이번엔.

가장 오래 남는 건, 가장 깊게 남는 건 선함이다. 나는 늘 선하고 싶었고, 그 애에겐 선함이 있었다. 그 애

가 웃고 있어서 눈길이 갔고, 선해서 기억에 남았다
면, 나 또한 그런 사람이 되는 것을 더 이상 망설이지
않겠다. 섹시하기보다 비밀이 많기보다 편함을 주고
싶다. 누구보다도 다정해지고 싶다. 요염하기보다 내
게서 편함을 느낀다면 차라리 그게 내 매력이겠다.

웃음이
웃음으로

내 웃음이 그들에게로 번지는 것을 보면
그것만큼 내게 또 웃음을 주는 게 없다.

나에게 웃음은 주고받는 것이다.
웃음은 수많은 언어를 담고 있다.

행복하기 위해
온몸으로 불안을 떠안는다

　불안은 당연하다. 우리가 이 세상에 태어난 데에는 이유가 없다. 많은 학자들이 밝히려 노력했지만 지금까지 결론 내어진 바론 생명체가 태어나게 된 일은 수많은 우연의 결합이다. 쉽게 말해 우리는 우주를 나도는 돌멩이었다가 우연히 어떤 조건이 갖춰진 바람에 갑자기 살아 숨 쉬는, 게다가 의식까지 생겨버린 생명체가 되었다. 기적도 이런 기적이 없으나 24시간 살아있는 이 호흡과 깨어있는 한 돌아가는 이 의식이란 것은 우리에게 '불안'을 심어주었다.

지나치게 똑똑해진 인간은 '왜 살아야 하는가?'를 고민한다. 우연히 태어난 생명체에 '왜' 살아야 하는지에 대한 이유가 있을 리 만무하다. 그래서 인간은 고민한다. '그럼 죽지 않아야 될 이유는 대체 무엇인가?'

그러니 불안한 것은 당연하다. 내딛는 한 발자국에 과거와 미래가 동시에 탄생한다. 지나간 1초는 곧장 과거가 되어 버리고, 한 치 앞도 감히 예상할 수가 없다. 더욱더 먼 미래는 어떻겠는가. 무슨 일이 생길까. 잘 살아 낼 수나 있을까. 특히나 요즘 같은 시대에는 우린 더욱 불안할 뿐이다. 유튜브와 뉴스에선 계속해서 미래에 닥칠 일들에 대해 위기감을 준다. 경제 위기, 저출산, AI의 출현. 도무지 헤아릴 수 없는 미래를 고민할수록 삶에 대한 두려움과 공포, 그리고 끝없는 불안만이 몰려온다.

그러나 나는 이 불안을 깊이 떠안는다. 팔을 활짝

벌려 받아들인다. 나는 살아있기 때문이다. 한낮 돌멩이에 불과할 수 있었던 내가 생명이 되었다. 살아있다. 맥박이 살갗 아래 팔딱이며 뛰고 있다. 삶이 내게 고통을 준다면 나는 최대한 몸부림치겠다. 삶이 불안정한 것이라 끝없이 불안해야 한다면, 나는 그러겠다. 그것이 내가 열렬하게 살아있다는 증거이기 때문이다.

나는 온몸으로 불안해하면서, 되려 행복을 꿈꿀 수 있게 된다고 믿는다. 삶은 끝도 없이 펼쳐진 망망대해다. 무엇이 펼쳐질지 모른다면 그게 불안이라 믿는 만큼, 행복이라 믿는 것도 말이 되지 않겠는가. 삶이 내게 고통을 준다면, 고통을 깊이 느끼겠다. 아주 깊이. 살아있음에 느낄 수 있는 고통이라 여기면서. 하지만 그만큼 삶이 내게 행복을 준다면, 행복 또한 깊이, 아주 깊이 느끼겠다. 온 마음 다해 감사하겠다. 이 또한 삶이 내게 준 선물임으로. 내가 살아 있기 때문에.

온몸으로 불안할 수 있는 나는, 또한 온몸으로 따스한 햇볕을 느낄 수 있다. 온몸으로 열정을 느낄 수 있다. 행복할 수 있다. 감사할 수 있다.

웃음은
충실한 자들의 것이다

그러므로 웃음은 충실한 자들의 것이다. 과거를 뒤돌아보지 않고, 알 수 없는 미래는 생각하지 않는다. 지금, 여기서 일어난 일들에 웃음 짓는다.

손님을 웃음으로 맞이하는 직원들, 그들에게 역시 환하게 웃으며 들어오는 손님, 시시껄렁한 농담에 웃는 친구들, 퇴근길에 동료에게 신나게 건넨 저녁 인사, 오며 가며 눈 마주친 사람들에게 지어준 작은 웃음, 그리고 혼자 걸으며 갑자기 신이 난 사람까지. 태

양처럼 환한 그들의 웃음은 지켜 보는 사람을 환하게
비추어 준다. 그 웃음에 거짓이란 없는 느낌이다. 구
름 한 점 끼지 않은 웃음이다.

　방금 들어 온 손님이 진상 고객일 수도, 손님은 더
위에 지쳐 있었을지도, 친구는 막 여자친구에게 헤어
지잔 소리를 들었을지도, 퇴근 후에 집에 가면 날라
온 고지서들이 쌓여 있을 수도 있다. 지나치는 사람들
이 어떤 하루를 겪었을지 나는 전혀 알지를 못한다.
웃음 뒤에 숨겨진 무엇이 있을지는 모르는 일이다. 그
럼에도 누군가는 진심을 다해 웃는다. 그 순간만큼은
제 것이라는 것처럼. 그 순간이 나의 삶인 것처럼. 그
들은 순간에 충실해 있다.

역시 그러므로

나는 최대한 활짝 웃는다.

늘, 언제나, 웃기를, 웃어 보이기를

포기하지 않는다.

무엇을 하든
감상이 제일 중요하다

여행이든 일상이든 방구석에서 좋아하는 영화를
보든 그 어디에 있든 관찰하고 감상한다. 감각을 곤두
세울 것. 느낄 것. 감동할 것. 생각이 깊어지는 것을 중
요히 여길 것. 감성적이게 되는 것을 부끄러워 말 것.
마음껏 사랑할 것. 되도록 우울하지 말 것. 좋은 감정
과 생각을 가지고 감상할 것. 그리고 감명받을 것. 삶
은 아름다운 것이니까. 삶은 기적이니까.

거절하지 않기

내가 여행할 때 세운 나만의 규칙. 누군가 와서 대화를 걸면 기꺼이 대화를 나누고, 무언가 제안을 해오면 기꺼이 참여하기. 위험하지 않은 사람이라는 판단하에. 하지만 그 판단은 100% 주관적이라는 것이 문제라면 문제다.

"핸드폰에서 재밌는 일이 일어나고 있나 봐요? 아까부터 봤는데 핸드폰만 보고 있길래."

발리에서 가장 유명한 만큼 가장 많은 사람들이 모이는 비치클럽에서 혼자 보드카를 마시면서 폰을 만지고 있으니 나이 지긋이 드신 신사분께서 말을 걸어왔다. 무게감 있는 은발에 최민식 배우를 닮아 범상치 않은 외모를 가진 신사분은 한 눈에도 60대쯤 되는 동양 사람으로 보인다. 하지만 상의를 시원하게 탈의하고 한 손엔 여유롭게 위스키를 들고 흥을 조금 타고 있는 모습에서 그곳에 있던 누구보다 젊은 광기가 느껴진다.

"하하. 인스타 팔로워들이랑 얘기 나눠요. 제 제일 친한 친구들이거든요."
"아, 직업이군. 이제야 이해가 가네."

그렇게 시작된 스몰토크. 신사분은 "Where are you from?" 하고 물었고 한국인이라는 내 말에 화들짝 놀라더니 자신을 미국에서 나고 자란 재미교포 2세라고 소개한다. 한국인을 만나 반갑지만 한국말을 거의 못

하니 이해해달라고. "It's okay. I can speak English."

그 신사분의 이야기는 눈이 번쩍 뜨일 만큼 흥미롭다.

신사분은 월스트리스트에서 투자자와 엔지니어로 30년간 일하며 나는 감히 상상도 못 할 막대한 부를 쌓았다. 하지만 은퇴를 하고 보니 그동안 일만 하면서 살아 온 인생이 너무나 후회되어 5년간 세계 여행을 떠나기로 결심한다. 그는 첫 해외 여행지로 발리를 선택했다. 하지만 발리로 오자마자, 코로나가 터졌다. 그 바람에 발리에 갇히게 되었는데 그게 자신 인생에 가장 큰 행운이라고 말한다.

발이 묶여 어쩔 수 없이 오랜 기간 지내게 되면서 발리와 사랑에 빠지게 되었다고. 그렇게 나머지 여행을 모두 취소하곤 발리에 호화스러운 빌라까지 지어 살게 된 지 5년이 되었다고 한다. 아들과 아내는 미국에 있고 이혼을 했다고 했는데 발리에 오기 전에 했는지 오고 나서 하게 되었는지는 묻지 않았다. 신사분의 인생 스토리는 너무나 흥미진진해서 콧구멍이 마구 벌렁거린다.

"발리에는 또라이들이 정말 많지. 하지만 진정한 또라이들은 이런 관광객들이 아니라, 실제로 여기에 남은 사람들이야. 이곳에 살고 있는 사람들이라고. 코로나로 모두가 다 떠났을 때, 정말 미친놈들만 남았어. 발리가 좋아서 정착해 살고 있는 애들은 다 갱스터야. 하지만 정말 매너 있는 갱스터들이지. 나처럼 말이야."

정정한다. 내가 대화를 나누고 있는 분은 이제부터 신사가 아니라 갱스터다.

갱스터는 젊은 사람이 자기 같은 늙은이와 놀아선 되겠냐면서 자리를 떠야 할까 물었다.

"괜찮아요. 저에겐 여행 규칙이 있어요. 'Rule number.1 거절하지 않기.' 대화를 걸든 어떤 제안을 해오든 흔쾌히 수락하는 거예요. 그리고 그쪽 얘기는 솔직히 흥미로운 편이거든요."

그는 호탕하게 웃었다. 그러고선 발리에서 제일 재밌는 클럽을 같이 가자고 제안했다. 지금 우리가 있는 이 곳이 가장 재미없는 곳이라고 하면서. 나는 그 말을 듣고 조금 놀랐다. 내가 있던 곳은 발리에서 제일 핫하기로 유명한 곳이었기 때문이다. 조금 흥분하면서 말했다. "Why not? Let's go!!"

자리를 옮기려고 일어선 갱스터는 갑자기 커다란 여행용 백팩을 어깨에 멨다. 누가 수영장이 있는 비치 클럽에 오면서 짐을 잔뜩 싸 들고 온단 말인가? 그는 자기가 지금 노숙자 신세라고 설명했다. 여자친구한테 쫓겨났다고 한다.

"여자친구가 화를 내고 나를 때렸어. 나는 무서워서 짐을 싸서 나올 수밖에 없었어."

"본인 집이잖아요? 여자친구를 쫓아내면 되지 않아요?"

"나 때문에 발리로 이주해 살고 있는 사람이야. 내가 내쫓으면 그 사람은 갈 곳이 없게 되니까 내가 나왔어."

"그런 식으로라도 책임을 져야 하는 관계라면, 결혼이랑 다를 바가 없네요."

나는 자유롭게 살고 싶어 전처와 이혼했다던 그의 말을 장난스레 비꼬았다. 반박에 실패한 그의 표정은 측은해졌다. 그리고 나는 속으로 안심했다. 산전수전 다 겪은 60대도 여전히 사랑 때문에 고생 중인 걸 보니 지금 내가 사랑이 뭐라고 대체 이런 바보 같은 짓

을 반복하는지, 고민하는 건 당연한 거구나. 휴. (앗,
이 글을 쓰면서 반성한다. 남의 불행을 보고 안심하다니.)

갱스터와 나는 그가 말했던 클럽으로 향했다. 클럽
으로 가는 길에 그는 난데없이 식스팩을 자랑했다. 요
즘 목표가 식스팩을 만드는 거란다.

"젊을 때 식스팩이 있는 건 당연해 보이잖아. 60대
에 식스팩을 만드는 건 좀 더 색다른 목표일 거 같아
서. 60대는 식스팩을 만들면 안 되나? 요즘 내 목표는
식스팩을 만드는 거야."
그에게 있어서 나이란 그저 색다른 도전인 것이다.

입구에서 데낄라를 마셔야만 들어갈 수 있었던 클
럽의 분위기는 훨씬 어둡고 난해했다. 테크노 음악이
강렬하게 울렸고, 레이저가 난무했으며 휴양지에선
볼 수 없는 힙한 옷들을 입은 다른 갱스터들이 가득했
다. 이들은 새벽 6시까지 좀비처럼 논다고 했다. 확실

히 나 혼자였으면 절대 와보지 못했을 곳이었다.

갱스터는 알고 보니 우리 아빠보다 나이가 딱 2살이 많았다. 그는 우리 아빠가 언젠간 발리에 오게 된다면 자기가 재밌게 놀아주겠다면서 꼭 연락하라고 했다.

어느 날엔가 아빠가 같이 클럽에 가자고 한 적이 있었다. 갱스터가 테크노 음악에 몸을 맡기고 리듬 타는 것을 보니 우리 아빠도 나이만 들었지 마음은 여전히 갱스터일 수도 있겠다는 생각이 들었다. 한국에 가면 아빠랑 클럽 한번 가야겠는걸.

갱스터의 말대로 클럽은 꽤 재밌었다. 오토바이 택시를 타고 집 가는 길엔 갑자기 장대비가 쏟아져 내려서 천둥 번개와 함께 흠뻑 젖었다. 비를 맞으며 오토바이를 타고 달린다니. 전에 없던 자유로움을 느꼈다. 확실히 기억에 남을, 절대 잊지 못할 하루였다. 혼자라고 집에만 있었다면, 무섭다고 제안을 거절했다면 아무것도 적어 내릴 것이 없었던 인생의 한 페이지를 스스로 정한 규칙을 지킨 덕에 빼곡히 채울 수 있었다.

Rule no.1 거절하지 않기

실은 우리는
모두 관음증인 것이다

　그날은 유독 혼자여도 예쁘게 하고 나가서 선셋을
보고 싶어 가볍게 차려입고 나와 가까운 해변으로 슬
슬 걸었다. 우기의 발리는 습하고 더워서 가만히 있어
도 땀이 송골송골 맺히고 어딜 가도 시원하지 않았다.
한국은 눈이 내린다던데. 걷다 보니 선셋을 보기 딱
좋은 시간에 해변으로 도착했다. 해변 입구에서부터
밴드가 공연을 하고 많은 친구와 연인들이 옹기종기
붙어 앉아 분위기를 만끽하고 있었다. 나는 그들의 뒤
에 서서 언제나처럼 사랑 넘치는 분위기를 훔쳐봤다.

봐도 봐도 질리지 않는 해가 또다시 아름답게 저물어 가고, 노을이 넘실거리는 바다 위로 사람들이 둥둥 떠서 서핑을 하고 있다. 해가 저렇게나 빠른 속도로 져 내려가고 있는데, 이제 막 몸을 풀고 들어가는 서퍼들이 눈에 띈다. 이 시간을 위해 기다린 걸까? 금방 해가 질 텐데 무섭지는 않을까? 아쉽지는 않을까? 오히려 황홀할까? 나도 꼭 해 지는 시간에 들어가 봐야지.

해는 이제 대부분의 모습을 감추고 아직 빨갛게 활활 타고 있는 하늘만이 지평선 뒤로 해가 숨어있음을 말해주고 있다. 사람들은 되려 신이 났다. 파도와 발장난하는 사람, 하늘에 대고 카메라를 연신 들이대는 사람, 키스하는 연인. 나도 잠시 그들 중 하나가 되어 보기로 한다. 물에 발을 담그기도 하고 핸드폰으로, 디지털 카메라로 지금이 아니면 담지 못할 순간들을 쉴 새 없이 찍는다.

너무 멋진 장면에 서 있는 바람에 찍지 않고는 못 견딜 것 같은 인물들은 최대한 정성스럽게 찍어서 보내주었다. "방금 널 봤는데 너무 아름다웠어. 내가 찍은 사진을 보내주어도 될까?" 떨리는 마음에 물어보았는데 다행히 모두들 갑작스러운 선물을 받은 듯 기뻐해준다. 아쉽게도 키스는 하지 못했다. 아무나 붙잡고 할 수는 없는 노릇이었다. 대신 키스하는 연인들을 마음껏 훔쳐본다. 노을 지는 휴양지의 바다 앞에서 키스하는 연인이라니. 그림 같은 장면이다. 아름다운 장면에 감탄하느라 부러울 새도 없다.

혼자 여행하다 보니 관음증 같은 게 생겼다. 상상력이 잔뜩 풍부해졌다. 저들은 어디서 만났을까? 연인일까? 친구일까? 가족일까? 오늘 어떤 하루를 보냈을까? 아이를 데리고 온 저 젊은 부부는 행복할까? 서로를 아직도 끔찍이 사랑할까? 아니면 미워할까? 혼자온 저 여자는 바다를 보며 누구를 떠올리고 있을까? 가끔 내가 그런 것처럼 외로울까? 얼마나 단단한 사람일까?

그렇게 훔쳐보면서 혼자 이런저런 상상을 하니 지루할 틈도, 외로울 틈도 없다. 구독료도 관람료도 없이 시청할 수 있는 수많은 이야기들이 내 앞에 있다. 대부분은 내 머릿속에서 만들어 낸 이야기들이지만.

그렇게 보면 실은 우리는 모두 관음증이다. 유튜브로든 예능으로든 책으로든 영화로든, 그 어떤 것으로든 남의 이야기를 엿본다. 그리고 혼자 상상하고 기대하고 실망한다. 내가 좋아하는 그 사람은 분명 아침에 눈을 뜬 지 10분이 채 되지 않았어도 멋진 모습 그대로일 거야. 멋대로 그려본다. 그러나 실제로는 상상하던 폭닥한 침구나 잠옷이 아니라 7년째 바꾸지 않은 꽃무늬 침구와 딱히 뭘 걸치지 않은 속옷 차림, 혹은 언제 샀는지도 모르는 티 한 장, 산발인 채 중구난방으로 흩어진 가르마에 유분이 흐르는 그런 모습이라면 살짝 실망스러울 수도 있겠다는 생각을 아주 잠시

한다. (오늘 아침 나의 모습을 떠올리며 적었다.)

굳이 그 모습을 보지 않으면 되건만 우리는 어떻게든 그 사람의 일거수일투족에 대해 알아내려고 한다. 그 사람의 영상을 보고, SNS를 들여다본다. 우리는 늘 사람들의 이야기가 궁금하다. 인스타그램 돋보기 탭에 뜬 처음 보는 사람의 일상이 궁금해져 그 사람이 올린 모든 사진을 정주행한다. 이내 홀린 듯 팔로우하고 매일 그가 올리는 사진과 일상을 유심히 지켜보다 책을 냈다기에 서점에서 얼른 사다가 읽어본다.

카페 테라스에 앉아 책을 읽다 환기를 시키려 창밖을 바라본다. 걸어 다니는 사람들을 구경하는 재미가 쏠쏠하다. 고개를 돌려 카페 안을 둘러본다. 사람들이 모여 얘는 이랬대, 쟤는 저랬대, 점심시간 카페는 사람들의 이야기로 넘쳐난다.

실은 이 모든 게 사람에 관련된 것이다. 그리고 우

리는 늘 지치지도 않고 사람의 이야기를 궁금해한다. 그러니 우리는 모두 관음증인 것이다. 여기까지 나의 이야기를 훔쳐본 당신도.

Q. 어떤 분들에게 이 책을 추천하고 싶으신가요?

행복과 불행은 모두 돌부리에 걸려 넘어지는 일입니다. 사람보다 큰 바위가 있으면 피해 가기 마련이죠. 오히려 우리를 넘어지게 하는 것은 작은 돌부리입니다. 미처 보지 못한 돌부리에 걸려 넘어지고 나면 이런 생각을 하기 마련이에요.

'저기 돌부리가 있었다니.'

큰 바위 같은 예견된 불행은 대비를 하기 마련인데, 우리는 늘 미처 예상치 못한 돌부리 같은 불행에 넘어지고 맙니다. 그런데 별것도 아닌 일이 나를 힘들게 하기도 하는 것처럼, 예상치 못한 곳에서 행복을 발견하기도 합니다.

모두 다 돌부리에 걸려 넘어지는 일이죠.

이 책에는 제가 돌부리에 걸려 넘어졌던 순간들을 담았어요. 당시엔 돌부리들이 원망스러웠는데, 지나고 보니 그때의 기억이 절 웃게 합니다. 전에는 보지 못했던 돌부리들이 이제는 눈에 들기도 하고요.

저는 자주 넘어지는 분들이 이 책을 읽어주셨으면 좋겠습니다. 돌부리에 걸려 넘어지지 않는다면 돌부리의 존재를 모르고 지나치듯이, 행복도 불행도 거기 없을 겁니다. 자주 발에 채는 돌부리에 걸려 넘어지는 그곳에, 행복도 있습니다.

'이런 돌멩이가 여기 있었잖아! 내 꼴을 좀 봐, 하하하.'

많은 분들이 돌부리에 걸려 넘어져 한참을 웃게 되길 바랍니다. 그게 행복의 돌부리든, 불행의 돌부리든 간에요.

Q. 이 책에서 가장 아끼는 문장을 꼽는다면요?

[요령 없는 삶] 中

다리 위 공원을 천천히 걷다가 발견한 이름 모를 꽃에 또다시 카메라를 들어 찰칵. 마침 뒤로 푸르게 깔린 하늘과 연한 분홍 꽃의 색감이 너무나도 잘 어울린다. 근래 찍은 사진 중 가장 마음에 들어 한참을 보았다. 갑자기 헛웃음이 난다.

가장 아끼는 문장을 꼽으라고 했을 때 뜬금없이 떠올랐던 문장이 바로 '갑자기 헛웃음이 난다.'예요. 별것 없는 덤덤한 문장인 것 같은데, 제게 행복이 바로 그런 것이거든요. 갑자기 헛웃음이 나는 그런 정도의.

Q. 작업하는 과정에서 가장 고민했던 지점은 무엇일까요?

있어 보이는 척하지 않기, 최대한 솔직한 감정으로 쓰기, 무엇보다도 재밌게 읽힐 수 있도록 노력했습니다. 제가 무슨 이야기를 전달하려고 하든 간, 잘 읽혀야 하니까요. 처음엔 '남들 다 하는 이야기는 쓰지 말자.'

라 마음먹었는데 머지않아 오만이었음을 깨달았습니다. 제가 남들보다 더 잘 안다고 할 수 있을 만한 것이 요만큼도 없더군요. 그래, 나는 아는 것이 없다. 나는 바보다. 이건 바보의 글이다! 라는 마음으로 지루하지 않길 바라며 썼습니다. 더욱이 더 많은 분들이 책 읽는 일을 좋아하게 되었으면 하는데, 제 책으로 인해 독서에 학을 떼지는 않길 간절히 바라면서요.

Q. 이 책으로 작가님을 처음 알게 된 독자에게 해주고 싶은 이야기가 있다면요?

제 글로 저를 알게 된 사람은 제가 감성 넘치는 문학 소녀인 줄로 알고, 술자리에서 만난 사람은 제가 폭군인 줄로만 압니다. 그래서 저는 사람들을 자주 놀래키기도 하고, 실망시키기도 합니다. 의외라면서요.

제 글을 다 읽은 여러분은 저를 어떤 사람으로 알게 되었을지 참 궁금합니다. 저는 책을, 글쓰기를, 술을, 서울을, 여행을, 사랑을, 사람을, 광대 짓하기를, 영화를, 음악을, 바다를 참 좋아합니다. 좋아하는 것이 많은 사람은 다양한 모습을 가진 사람이 됩니다. 책 읽을 때의 저는 그렇게 단정하고 진지하고 차분할 수가 없는데, 바다 앞에만 가면 광인이 되어 서핑을 해요. 진짜로 눈에서 광기가 돈다고 서퍼들의 표정이 서늘해집니다.

많은 모습들이 전부 다 저이지요. 여러분은 몇 가지 모습을 가지고 있나요? 자신을 한 가지 모습으로 정의 짓지 말아 보세요. 삶이 즐거워질 거예요.

Q. 첫 책을 출간한 소감이 어떠신가요?

'첫 책은 다음 책을 쓰기 위해서 내는 거야.'

잘 쓰고 싶다는 부담이 있어 아직은 쓰고 싶은 글이 없다고 했을 때, 파리에 초대해 주신 아저씨께서 해주신 말씀입니다. 잘 쓰고 못 쓰고를 떠나 '쓰는 사람'이 되기 위해 첫 책을 내는 거라면서요. 첫 책을 출간하고 나니 이제야 쓰는 사람이 된 기분입니다. 많은 분들의 노력 덕에 오랜 꿈을 이뤘습니다. 그저 모든 일에 감사할 뿐이에요. 당분간 꿈을 안고 사는 기분으로 살 것 같아요. 글이 잘 팔리면 더 좋겠다, 그 정도 욕심만 내보면서요.

Q. 앞으로의 계획이 있을까요?

No plan is the plan. 계획이 없는 것이 계획입니다. 실은 얼마간 일을 하지 않겠다 선언했습니다. 수입은 안정적이나 그 일을 하는 제 모습이 더 이상 마음에 들지 않더군요. 또다시 성장할 때가 왔나 보다, 저는 아직 크고 있나 봅니다. 추워지면 좋아하는 책 몇 권 싸들고 발리로 돌아가려고요. 사진도, 영상도 더 많이 담고, 사람들도 많이 만나고 싶습니다. 글도 틈틈이 쓰고요. 파도 좀 타다 다시 통장 잔고가 빈약해질 때쯤엔 하고 싶은 일들이 떠오르지 않을까요. 벼랑 끝에 내몰리는 거죠. 아 참, 쉬는 동안엔 사랑과 상실에 관한 소설을 써 볼 예정입니다. 돈 버는 일 빼고 하고 싶은 일들이 너무 많네요.

행복은 능동적

초판 1쇄 발행 2024년 11월 13일
초판 4쇄 발행 2025년 02월 25일

지은이 노연경
펴낸이 김상현

콘텐츠사업본부장 유재선
출판1팀장 전수현   **책임편집** 김승민   **편집** 주혜란
디자인 엄혜리   **마케터** 남소현 성정은
미디어사업팀 김예은 송유경 김은주
경영지원 이관행 김범희 김준하 안지선

펴낸곳 (주)필름
등록번호 제2019-000002호   **등록일자** 2019년 01월 08일
주소 서울시 영등포구 영등포로 150, 생각공장 당산 A1409
전화 070-4141-8210   **팩스** 070-7614-8226
이메일 book@feelmgroup.com

필름출판사 '우리의 이야기는 영화다'

우리는 작가의 문체와 색을 온전하게 담아낼 수 있는 방법을 고민하며 책을 펴내고 있습니다.
스쳐가는 일상을 기록하는 당신의 시선 그리고 시선 속 삶의 풍경을 책에 상영하고 싶습니다.

홈페이지 feelmgroup.com   **인스타그램** instagram.com/feelmbook

ⓒ 노연경, 2024

ISBN 979-11-93262-30-6 (03810)